Tom Wittgen

… liebes Kind, komm, geh mit mir

Kriminalroman

Zweite Reihe 2004
Argument

Redaktion: Wolfgang Fritz Haug

Deutsche Originalausgabe

Rentzelstraße 1, 20146 Hamburg
Telefon 040 / 45 36 80 — Telefax 040 / 44 51 89
Umschlag: Martin Grundmann
Fotosatz: Steinhardt, Berlin
Druck: Alfa-Druck, Göttingen
ISBN 3-88619-904-5

1

Der Dino hielt den Kopf gesenkt und sah erwartungsvoll das Mädchen an. Er war grasgrün, mit einem lila Schwanz und ebensolchen Rückenstreifen. Er stand im oberen Fach der Spielzeugabteilung neben anderen Dinos, doch die hatten einen leeren Blick und beachteten das Mädchen nicht.

Die Kleine mochte neun, höchstens zehn Jahre alt sein. Sie war zierlich gewachsen. Das Auffälligste an ihr war ihr quittegelber Wuschelkopf. Sie stand direkt unter dem Dino und schaute mit leicht zusammengekniffenen Augen zu ihm hoch, nachdenklich und abwägend. Plötzlich schnellte sie auf die Fußspitzen, reckte den Arm und griff nach dem Plüschtier. Sie griff daneben. Ich wollte ihr zu Hilfe kommen, sah aber, daß sie zum Springen ansetzte und wartete, bis sie hochhopste. Diesmal hatte sie den Dino gepackt. Einen Augenblick lang sah sie ihn an, als wisse sie nicht recht, wie es mit ihm weitergehen sollte, dann ließ sie ihn in der Tasche ihrer lässig übergezogenen und nicht zugeknöpften Jacke verschwinden.

»Interessanter als im Jurassic-Park«, sagte ich zu Grit. »Ich glaube, wir sind die ersten Menschen, die gesehen haben, wie ein Dinosaurier gestohlen wird.«

Grit ist meine Sekretärin, und ich bin Georg Eiserbeck, Privatdetektiv aus Passau. Eine geldschwere Dame namens Engelstein, die in einer Villa am Ammersee lebt, war dahintergekommen, daß ihr Ehemann keineswegs aus geschäftlichen Gründen hin und wieder nach Braunschweig fuhr. Gestern hatten wir das Familien-Melodram, als das sich dieser Fall entpuppte, abgeschlossen. Herr Engelstein unterhielt in dieser Stadt keineswegs ein Verhältnis, sondern kümmerte sich um seinen aidskranken Halbbruder, einen Homosexuellen, und damit für Frau Engelstein ein schwarzes Schaf.

Jetzt aber war sie hocherfreut, daß es sich »nur um so eine Sache« handelte und verzieh ihrem Gatten.

»Was verzeiht sie ihm eigentlich?« hatte Grit mich gefragt, aber das ging uns nichts mehr an. Frau Engelstein hatte uns eine letzte Nacht im *Mövenpick* bewilligt, und heute hieß es: Adieu Braunschweig.

Grit wollte Reiseproviant besorgen, und ich begleitete sie zu einem kleinen Supermarkt. Hier bummelten wir eben an einem Regal, das mit Spielzeug vollgestopft war, in Richtung Kasse.

»Wir sollten uns die Kleine vorknöpfen« , sagte Grit, und wir sahen dem Mädchen nach, das mit seinem Einkaufskorb zur Klasse schlenderte.

»Willst du mich zum Kaufhausdetektiv degradieren?«

»Tu' nicht so empört, Eiserbeck« , mahnte Grit. »Wenn unter deiner harten Schale ein weiches Herz schlägt, solltest du dazu stehen. — Man muß einem Kind klarmachen ...«

»Nicht in einem Supermarkt vor so vielen Leuten! Wer weiß, was da über die Kleine hereinbricht. Draußen vielleicht ...«

Wir gingen zur Kasse und kamen hinter Wuschelkopf zu stehen. Sie legte ihren spärlichen Einkauf aufs Fließband und schien nicht recht bei der Sache zu sein. Sie wirkte unruhig, aber das wäre ich mit einem Dinosaurier in der Tasche auch gewesen. Mechanisch legte sie ein Fünfmarkstück auf die Schale, während ihr Blick durch die gläserne Eingangstür zum Vorplatz glitt.

Die Kassiererin nahm das Wechselgeld aus der Kasse und zählte es dem Mädchen vor.

»Guck gefälligst her« , sagte sie, »statt dich hinterher zu beschweren, daß es nicht gestimmt hat. — Das hat sie nämlich schon mal versucht« , fügte sie mit einem Blick auf uns hinzu.

Grit legte ihre Ware aufs Fließband. Die Kleine zog ein beleidigtes Gesicht, steckte das Wechselgeld ein und wollte zur Tür.

»Hiergeblieben!« Die Kassiererin wies mit spitzem Finger auf die Jackentasche von Wuschelkopf.

Der lila-grüne Saurier, von dessen Kopf ein Taschentuch rutschte und das Preisschild freigab, guckte arglos ins Weite.

Plötzlich sprachen wir alle gleichzeitig.

»Was ist denn das?« fragte die Frau an der Kasse empört.

»Markus ist nicht mehr da!« rief die Kleine. »Jemand hat unser Baby weggefahren!«

»Das ist ein Dinosaurier, der auf meine Rechnung geht«, sagte ich zur Kassiererin.

»Willst du wohl zurückkommen!«

Das war wieder die Kassiererin. Sie sprang auf und machte Anstalten, die Kasse zu verlassen, um sich auf Wuschelkopf zu stürzen.

Grit war an der Kasse vorbeigehuscht und hatte das Mädchen eingeholt. »Geh zurück«, sagte sie. »Wenn man was

Dummes getan hat, muß man den Mut finden, dafür einzustehen.«

»Ich hab aber Angst.«

»Na, so schlimm wird's schon nicht werden. Außerdem hätte dir das vorher einfallen sollen, daß man Angst kriegt, wenn man beim Stehlen erwischt wird.«

Der Wuschelkopf kam an Grits Hand zur Kasse zurück.

»Unser Markus ist weg, deshalb hab' ich Angst«, sagte sie weinerlich.

Draußen vor dem Eingang war an der Haltestelle eben ein Bus abgefahren.

Leute kamen in den Supermarkt oder verließen ihn oder gingen einfach vorüber. Auf der gegenüberliegenden Straßenseite war ein Obststand. *Fruchtkorb* stand in Handschrift auf einem Holzschild, und daneben war ein von Früchten überquellender Korb aufgemalt.

Die Kassiererin fuhr das Mädchen an. »Jetzt hör bloß auf zu lügen! Dein Vater kriegt eine Anzeige, da kannst du dich drauf verlassen! Ich kenne dich nämlich! Du bist die Kleine vom Makler Beer, nicht wahr? Leer deine Tasche aus!«

Mit Schwung flog der Saurier aufs Fließband.

»Hast du noch mehr ...«

»Jetzt machen Sie mal 'n Punkt!« Ich drückte der Kassiererin einen Geldschein in die Hand. »Ich sagte, das Spielzeug zahle ich.«

»Sie sollten sowas Kriminelles nicht noch unterstützen!«

Grit mischte sich ein. »Hat die Kleine Geschwister?« fragte sie die Kassiererin. »Gibt es ein Baby in dieser Familie Beer?«

Die Frau an der Kasse winkte ab. »Und wenn schon. Ja, ich glaube, sie haben ein Baby, aber daß es jemand weggefahren hat, erzählt die ...«, sie stieß mit dem Finger nach Beers Tochter, »doch nur, um von ihrer Klauerei abzulenken.«

Hinter uns hatte sich eine Schlange gebildet, kurz noch, aber schon murrend. Ich zog meinen Ausweis und hielt ihn der Kassiererin unter die Nase.

»Ich bin keiner, der Kriminalität unterstützt«, sagte ich leise und streng, »ich gehe auf meine Weise dagegen an. Wie Sie sehen, bin ich Privatdetektiv.«

»Was das nun wieder soll«, murrte sie und zog mir die Kaufsumme für das Plüschtier ab.

Ich nahm den Dino, und während ich mich nach Wuschelkopf umsah, verstaute Grit ihren Einkauf in einem Leinenbeutel.

Die Tochter von Makler Beer lief auf den Ausgang zu, kam aber nicht weit. Ein junger Mann vertrat ihr den Weg, ein Kerl mit hellwachen Augen. Eifrig redete er auf die Kleine ein. Sie hielt den Kopf gesenkt und gab ihm nur selten Antwort.

Ich ging auf die beiden zu.

»Die ist wie ein kleiner störrischer Esel«, sagte der Mann, als ich vor ihm und Beers Tochter stand.

»Na und?« fragte ich, »was ist Ihr Problem dabei?«

Den Dino in der Hand, drängte ich mich zwischen ihn und das Mädchen.

»He!« rief er, »haben Sie hier auch was zu sagen?«

Ich beachtete ihn nicht und hielt der Kleinen den Dino hin. Sie zögerte, zuzugreifen.

»Er ist bezahlt«, sagte ich, »du kannst ihn nehmen.«

»Jetzt brauche ich ihn nicht mehr.« Sie sah mich an. Sie hatte schiefergraue, ausdrucksvolle Augen. »Den Dino habe ich für Markus mitgenommen«, sagte sie, »aber Markus ist weg.«

»Nimm ihn trotzdem.«

»Danke.« Sie griff zu.

»He!« sagte der Kerl wieder, der noch immer neben uns

stand, »den guten Onkel spielen, wie? Was steckt 'n da dahinter?«

Ich fuhr herum. Grit war herangekommen und legte ihre Hand auf meinen Arm.

»Cool, Eiserbeck, ganz cool«, sagte sie leise.

Ich hatte mich sofort im Griff und mußte lächeln, weil wir uns benahmen wie die Helden in einem Western.

Die Kleine von Makler Beer wollte die Gelegenheit nutzen und hinaushuschen. Der Kerl, der sich alle Mühe gab, mich zu beleidigen, reagierte zuerst und hielt sie fest.

»Nicht so hastig«, sagte er, »ich möchte was von dir wissen. Du hast gesagt, jemand hätte den Kinderwagen mit deinem Brüderchen weggefahren ...«

Ich unterbrach ihn. »He!«, sagte ich, »ein Problem reicht. Sie brauchen nicht noch eins zu erfinden. Die Kleine hat gestohlen, weiter ist nichts passiert. Allerdings ist das Grund genug, daß wir das Mädchen nach Hause bringen und mit ihren Eltern sprechen.«

Bei dem Wort *wir* wies ich mit dem Daumen auf Grit und mich, um ihm klarzumachen, daß ihn die Sache nichts anging.

Er blieb hartnäckig. »Die Kleine hat nicht umsonst gesagt, daß ihr Brüderchen weg ist. Ich hab'n Riecher für sowas.«

»Na und? Was interessiert Sie das?«

»Reporter«, sagte er, ohne das Kind aus den Augen zu lassen.

»Du hast also gesehen«, sagte er zu ihr, »wie jemand mit euerem Kinderwagen los ist, aber du hast nicht um Hilfe gerufen. Warum nicht?«

Sie warf ihm einen vernichtenden Blick zu.

Ein Kreis Neugieriger hatte sich um uns gebildet. Das Mädchen hielt den Kopf gesenkt und sah verloren aus, wie sie so mit dem Dino in der einen und dem Einkaufsbeutel in der anderen Hand inmitten der Erwachsenen stand und sich anstarren ließ.

Ich ging in die Knie, sie hob den Blick, und wir konnten uns in die Augen sehen.

»Ich heiße Georg Eiserbeck«, sagte ich, »und du?«

»Britta Beer.«

»Weißt du was, Britta, wir beide verschwinden jetzt von hier und unterhalten uns draußen weiter.«

Sie schüttelte den Kopf, wollte etwas entgegnen, besann sich aber. Die Aussicht, all den neugierigen, strafenden und mitleidigen Blicken zu entkommen, schien ihr im Moment das Wichtigste zu sein. Ich gab Grit ein Zeichen. Sie ging zum Ausgang, und ich wollte ihr mit der Kleinen folgen. Der Reporter hielt mich am Ärmel fest. Ich packte sein Handgelenk so, daß er meinen Griff unangenehm spüren mußte, und er ließ los.

»Nicht anfassen«, sagte ich drohend.

Die Leute murmelten, einige ahnten eine angehende Schlägerei und machten sich davon, andere rückten aus eben diesem Grund näher heran. Jemand meinte, ich sei ein Bulle in Zivil.

»Stimmt das?« fragte der Reporter.

Ich hielt ihm meine Lizenz unter die Nase und ging mit Britta zum Ausgang. Man ließ uns ziehen. Der Reporter kam hinter uns her.

»Hören Sie mal, Herr Eiserbeck«, sagte er draußen, »ich weiß, Sie wittern ein Geschäft für sich. Warum auch nicht! Ich wittere ja auch eins für mich: eine Story für die erste Seite, und ich meine, wir könnten durchaus zusammenarbeiten.«

Er irrte. Da war kein Fall. Ich wollte einem Kind aus der Klemme helfen, weiter nichts. Doch man weiß nie, wie die

Dinge sich entwickeln, und Lokalreporter sind immer ein bißchen besser im Bilde als der Durchschnittsbürger. Auf jeden Fall kannte sich der Kerl in seinem Revier aus, während Grit und ich die Fremden waren.

Mit der Kleinen kam er allerdings nicht zurecht, das mußte er einsehen. Er stellte sich als Karsten Leonhardt vor, freischaffender Journalist beim *Blatt*, der hiesigen Lokalzeitung.

»Also«, sagte er, »machen wir ein Joint-venture?«

Ich zuckte die Schultern. »Ich wüßte nicht, warum. Hier ist kein Fall.«

»Noch nicht«, prophezeite er.

Britta Beer hatte den Dino in ihren Einkaufsbeutel gesteckt und lief auf den Fahrradständer zu, der neben dem Eingang der Kaufhalle stand.

»Hier!« rief sie und wies auf eine freie Stelle neben dem Ständer, »genau hier habe ich den Wagen mit Markus abgestellt, aber da waren noch nicht so viele Räder da wie jetzt.«

»Phantasiebegabtes Kind«, flüsterte Grit mir zu.

Ich zuckte die Schultern und war mir nicht mehr so sicher.

Eine Frau verstaute ihren Einkauf in ihren Radtaschen und fummelte am Fahrradschloß herum. Karsten Leonhardt lief zu ihr hin und redete auf sie ein.

»Also gut«, sagte ich zu Grit, »beweisen wir der Kleinen — oder uns —, daß hier kein Baby, sondern ein Dino geklaut wurde, und dann bringen wir sie zu ihren Eltern.«

Grit zog los, um sich umzuhören. Hatte jemand einen Kinderwagen mit einem kleinen Jungen darin gesehen? Einen, der neben den Fahrrädern gestanden hatte und von jemandem weggefahren wurde?

Ich zog mit Britta los. Wir gingen um den Supermarkt herum und ein Stück in die Nebenstraße hinein. Von einem Kinderwagen war nichts zu sehen. Die Kleine war sehr ernst, aber nicht so mitgenommen, wie sie meines Erachtens hätte sein müssen, falls ihr Bruder wirklich verschwunden war.

Wir gingen zurück zum Eingang des Supermarkts. Grit erwartete uns.

»Haben Sie ihn gefunden?« fragte Britta.

»Ich heiße Grit«, sagte meine Sekretärin, »und du kannst ruhig du zu mir sagen. – Zu Eiserbeck gewiß auch«, fügte sie zögernd hinzu.

Grit und ich arbeiten seit Jahren zusammen und für mich gehört sie zum Büro wie der überdimensionale Schreibtisch, auf dem wir in flauen Zeiten Ping-Pong spielten, wie der Besuchersessel und der Rollschrank mit Akten und Kochrezepten, die meine Sekretärin dort deponierte. Das Du hatte ich Grit erst vor kurzem angeboten, aber sie nannte mich nie Georg. Sie sagte du und Eiserbeck, wie eben wieder.

»Einen Kinderwagen will hier niemand bemerkt haben«, meinte Grit schulterzuckend.

Zu Leonhardt, der wieder herangekommen war, sagte ich, er könne getrost davon ausgehen, daß der entführte kleine Bruder eine Notlüge von Britta Beer gewesen sei. Er gab zu, daß auch er nichts Gegenteiliges herausgefunden hatte.

»Na ja«, sagte er, »auch daraus läßt sich eine hübsche kleine Story basteln. – Du hast es erfunden, nicht wahr?« fragte er die Kleine. »Du hast gedacht, wenn sie es dir abnehmen, kommst du unbehelligt davon.«

Sie kniff die Augen zusammen und funkelte ihn mit dem wütendsten Blick an, den ich je bei einem Kind gesehen habe. Antwort gab sie ihm keine.

»Ich muß nach Hause«, sagte sie unvermittelt zu Grit und wollte davonlaufen.

Ich schnappte sie am Handgelenk und hielt sie fest.

»Für mich wird's auch Zeit«, meinte Leonhardt, »der nächste Termin ruft.« Er drückte mir eine Visitenkarte in die Hand. »Rufen Sie an, falls Sie was für mich haben — oder mich brauchen sollten.«

Er zwinkerte mir zu und verschwand in Richtung Parkplatz.

»Wir bringen dich nach Hause, Britta«, sagte Grit, »mit dem roten Fiat dort.«

»Lohnt nicht«, meinte die Kleine altklug, »ist doch gar nicht weit.«

»Um so besser.«

Grit ging voraus zum Wagen. Ich hielt Britta noch immer am Handgelenk, und sie stemmte sich gegen mich, als ich losgehen wollte.

»Herr Eiserbeck«, sagte sie flehend, ihre Stimme klang tränenerstickt und kläglich. »Sie ...«

Ich sah auf sie hinunter. »Du kannst du zu mir sagen.«

»Herr Eiserbeck — denkst du auch, ich lüge?«

Ehrlich gesagt, ich wußte nicht recht, was ich denken sollte. Sie hatte einen Ladendiebstahl begangen. Warum sollte sie nicht auch lügen? Für eine Zehnjährige, der soeben der kleine Bruder entführt worden war, erschien sie mir zu gelassen. Aber ich kannte sie nicht. Vielleicht war das ihre Art. Das beste war, sie schnellstens zu ihren Eltern zu bringen, die würden schon wissen, wie sie anzupacken war.

»Ich denke nicht, daß du lügst«, sagte ich, »obwohl einiges recht merkwürdig ist. Na. Wir werden schon klarkommen.«

»Auch mit Papa?« fragte sie skeptisch.

Papa war also ein Problem.

»Auch mit Papa«, versprach ich ihr. »Auf jeden Fall brauchst du keine Angst zu haben. Grit und ich, wir helfen dir.«

Sie ließ sich zum Fiat führen und setzte sich neben mich, um mir den Weg zu zeigen.

»Geradeaus«, sagte sie, »und vorn am Park links rein, bis zum vierten Haus.«

Es war wirklich nur ein Katzensprung.

»Fährst du dein Brüderchen oft aus?« fragte Grit, die hinter uns saß.

Britta nickte, und ich sah, daß sie an Tränen würgte. »Wir schlafen auch in einem Zimmer«, sagte sie leise.

Plötzlich schluchzte sie auf, sah mit starrem Blick durch die Windschutzscheibe, schien aber ihre Umwelt nicht wahrzunehmen. Sie weinte.

Aus Angst vor Strafe, weil sie gestohlen hatte? Vielleicht war es nicht das erste Mal gewesen? Oder hatte sie wirklich ihren Bruder dabeigehabt und gesehen, daß jemand ihn wegfuhr? Hatte sie einen Schock erlitten und reagierte deshalb nicht so, wie ich es von ihr erwartete?

Mit der Tränenflut schien sich ihre seelische Starre zu lösen. Plötzlich begann sie zu sprechen, leise und so hastig, als fürchte sie, ihre Bereitschaft, mit uns zu reden, könne sich ebenso schnell verflüchtigen, wie sie über sie gekommen war.

»Mama und Papa haben gesagt, daß ein Unfall passiert ist, und ich hab' gedacht, jemand ist überfahren worden oder so. Aber darüber haben sie gelacht, und ich wußte überhaupt nicht, was los ist, bis Mama einen dicken Bauch gekriegt hat.«

»Dann hat deine Mama mit dir darüber gesprochen?« fragte ich.

Sie schüttelte den Kopf und schluchzte auf. »Ich hab's in der Schule erfahren. Die sind einfach früher drauf gekommen als ich und haben mich aufgezogen, weil wir ein Baby kriegen, wo ich schon so groß bin.«

Ich bohrte weiter. »Und dein Papa?«

»Der ist anfangs ärgerlich gewesen und hat gesagt, das hätte nicht sein müssen, und Mama hat über ihren dicken Bauch gestöhnt. Ich denke aber, irgendwie haben wir uns trotzdem alle auf das Baby gefreut.«

»Klar«, sagte ich, und die Kleine drehte sich zu mir um.

»Er macht nur soviel Arbeit.« Sie wischte sich mit dem Handrücken über die Augen. »Nein, das eigentlich auch nicht«, sagte sie entschieden.

Wir waren am Park angelangt. Langsam bog ich in die Seitenstraße ein. Britta schien nicht zu bemerken, wo wir uns befanden. Sie dachte nach und kriegte wieder ihren altklugen Ausdruck.

»Markus hält alle von der Arbeit ab«, sagte sie. »Das ist es. Mama mußte sogar eine Hilfskraft für ihre Boutique einstellen. Manchmal ist abends was los, wo meine Eltern hingehen möchten, aber das klappt jetzt auch nicht mehr. Und ein Babysitter, das wird zu teuer.«

Sie verfiel in den leicht klagenden Ton, den sie wahrscheinlich von den Erwachsenen hörte, wenn Markus denen die Show verdarb.

»Manchmal geht Papa abends alleine weg«, erzählte sie weiter. »Wenn das passiert, dann ist Mama nicht besonders gut drauf.«

»Und du?« fragte ich. »Hat dir dein kleiner Bruder auch zu schaffen gemacht?«

Ihr schiefergrauer Blick hing an mir, als hätte ich ihr eine Algebraaufgabe gestellt, die in eine weit höhere Klasse gehörte.

Doch sie überlegte.

»Manchmal kann ich nicht spielen oder was machen, wozu ich gerade Lust habe. Ich muß auf Markus aufpassen, wenn Mama in der Boutique gebraucht wird, und in der

Schule werde ich manchmal Baby-Suse gerufen, aber...« Sie schluckte. »Er ist doch so hilflos.« Sie schluchzte einmal laut auf und klagte: »Was wird denn aus ihm, wenn er nicht mehr bei uns ist!«

Wir waren längst vor ihrem Haus angekommen, und ich hatte den Wagen an der Straßenseite gestoppt, die sich am Prinz-Albrecht-Park entlangzog. Ich warf einen Blick auf das Anwesen. Es war ein Einfamilienhaus mit Vorgarten, immergrüne Gehölze und Rosen wuchsen auf der einen Seite des Plattenweges, und auf der anderen blühten Sommerblumen. Alles war gepflegt und hübsch anzusehen. Vor dem Anwesen parkte ein dunkelblauer BMW metallic. Angeberschlitten!

»Britta«, sagte ich, während ich ihren Sicherheitsgurt löste, »es wäre gut, wenn du die Frau beschreiben könntest, die den Kinderwagen weggeschoben hat. Erinnerst du dich, ob sie groß war oder eher klein, dicklich vielleicht, wie ihr Haar ausgesehen hat, oder ob sie einen Hut oder eine Mütze aufhatte und wie sie angezogen war?«

Sie schniefte in ihr Taschentuch, dann steckte sie es weg. Sie starrte durch die Windschutzscheibe. Ich ließ ihr Zeit und beobachtete, wie sich ihr Gesichtsausdruck wandelte. Wenn sie etwas nicht in die Reihe kriegte, wurde sie zunehmend altklug. Mit diesem Blick sah sie mich an.

»Es war gar keine Frau«, sagte sie, »es war ein Mann in einem langen, hellbraunen Mantel.«

2

Herr Daniel Beer war groß, dünn, mit kantigem Gesicht und einem Was-kostet-die-Welt-Blick in den schiefergrauen Augen, die er seiner Tochter vererbt hatte. Mit einem Aktenkoffer unter dem Arm trat er aus dem Haus und runzelte die Stirn, als er seine Tochter samt Anhang zum Gartentor hereinspazieren sah.

Bevor Grit und ich einen Gruß herausbrachten, fragte er mit einer unwilligen Kopfbewegung zu Britta hin: »Hat sie was angestellt?«

»Hat sie«, erwiderte ich.

Sein Stirnrunzeln wurde intensiver. Er warf einen Blick auf seine Armbanduhr. Eine Geste der Tüchtigen, für die Zeit vor allem Geschäftszeit ist.

»Was soll das? Wer sind Sie und was wollen Sie?« fragte er schnell hintereinander.

Ich stellte Grit und mich vor und erzählte in Kurzfassung, was im Supermarkt passiert war. Er hörte mit ungeduldigem Gesichtsausdruck zu und schaute über unsere Köpfe hinweg in die Ferne. Wahrscheinlich entdeckte er über den Parkbäumen eine Fata Morgana — seinen Schreibtisch voller unterschriftsreifer Kaufverträge.

Ich erklärte ihm, seine Tochter behaupte, ihr kleiner Bruder sei entführt worden. Er sah noch immer in die Ferne, skeptisch jetzt, als steige hinter der Fata Morgana ein anderes, noch schwer zu erkennendes Bild auf.

»So richtig geglaubt hat ihr das allerdings niemand«, sagte ich. »Man hat es für ein Ablenkungsmanöver von ihrem Diebstahl gehalten und …«

Er fiel mir ins Wort. »Und das ist es auch gewesen«, sagte er energisch. Dann atmete er tief durch, holte seinen Blick aus der Ferne zurück und senkte ihn auf den Wuschelkopf seiner Tochter.

»Was hast du dir da wieder ausgedacht?« fragte er leise, mit ungewöhnlicher Schärfe.

Britta griff nach meiner Hand und drückte sich an mich.

»Sie hat eine verheerende Phantasie«, sagte Herr Beer an Grit und mich gewandt. »Ich bin nie sicher, ob sie bewußt Unsinn redet oder ihre ausgedachten Geschichten für Wirklichkeit hält.«

»Wenn das so ist«, sagte Grit, »sollten Sie mit der Kleinen einen Kinderpsychologen aufsuchen.«

»Da haben Sie wohl recht. Meine Frau wollte bislang nichts davon wissen. Bitte«, er wies zum Haus hin, »treten Sie näher.«

Wir gingen zum Haus, und er schloß die Tür auf. Dann fiel sein strenger Blick wieder auf Britta.

»Wir gehen jetzt hinein«, sagte er zu ihr, »und dann hast du Gelegenheit, vor uns allen deine Lügen zurückzunehmen. Über deinen Diebstahl sprechen wir später.«

Seine Tochter senkte den Kopf und trottete hinter ihm ins Haus. Grit und ich bildeten die Nachhut.

Frau Beer stand mit einer zierlichen, blütenweißen Gießkanne am Blumenfenster. »Nanu?« sagte sie überrascht, als ihr Mann ins Zimmer trat. Sie warf einen Blick zur Uhr, dann entdeckte sie ihre Tochter, Grit und mich.

»Was ist denn los?« fragte sie ängstlich. »Hat sie was angestellt?« Sie nickte zu Britta hin.

»Und ob«, sagte Daniel Beer. »Sie hat im Supermarkt gestohlen und sich was Tolles ausgedacht, um davon abzulenken. Sie erzählt, Markus sei entführt worden.«

Frau Beer stieß einen leisen Schrei des Erschreckens aus. Von der Gießkanne, die sie noch immer in der Hand hielt, floß ein dünner Strahl auf den Teppich. Herr Beer trat auf seine Frau zu und nahm ihr die Kanne aus der Hand. Den Blick, den er ihr dabei zuwarf, konnte ich nicht auffangen, Herr Beer stand mit dem Rücken zu uns. Jedenfalls wirkte seine Frau jetzt ruhiger, schien aber nicht zu wissen, was sie von der Situation halten sollte.

Beer erzählte, Britta habe auf hysterische Weise geäußert, ihr kleiner Bruder sei im Kinderwagen, den sie vor dem Supermarkt abgestellt hatte, weggefahren worden.

»Von wem? Aber von wem denn ...!« rief Frau Beer, und das klang auch hysterisch.

Daniel Beer nahm ihr das Wort aus dem Mund. »Von wem? Von dem großen Unbekannten natürlich, einem Mann im langen Mantel. Diese Phantasiegestalt hat sie vor Herrn Eiserbeck heraufbeschworen.«

Frau Beer trat einen Schritt zurück, als fürchtete sie sich plötzlich vor ihrem Mann. Sie schien so verwirrt, daß sie mehrmals daneben griff, als sie die Balkontür schließen wollte.

»Bitte setzen Sie sich doch«, sagte sie geistesabwesend zu uns, und mit einem flehenden Blick zu ihrem Mann: »Aber wieso ...?«

Wieder war er es, der den Satz auf seine Weise zu Ende führte. »Aber«, wiederholte er sehr betont und lächelte mokant, »wieso kann sie Markus bei sich gehabt haben, wenn unsere Oma vor zwei Tagen mit ihm in Urlaub gefahren ist?« Bislang hatte er ausschließlich zu seiner Frau gesprochen. Jetzt wandte er sich nach Britta um und fügte in seinem beschwerenden Ton hinzu: »Und das alles ist auch unserem Fräulein Tochter bekannt.«

Einen Moment lang kreuzten sich ihre schiefergrauen Blicke, und um Brittas Mundwinkel zuckte wieder das kleine, altkluge Lächeln, das ihr in ihrem Alter noch längst nicht zukam. Sie wandte sich um und lief hinaus.

Sie erwartete uns im Vorgarten. Sie hockte hinter einem der Immergrünen und sprang auf den Weg, bevor wir das Gartentor erreichten.

»Ihr habt gesagt, ihr wollt mir helfen«, fauchte sie und funkelte uns aus zusammengekniffenen Augen an.

»Haben wir das nicht getan?« fragte Grit.

»Ihr habt denen geglaubt.« Sie warf einen kurzen Blick zum Haus hinüber.

»Britta«, sagte ich beschwichtigend, »ich denke nicht, daß du gelogen hast. Du hast einen Mann gesehen, der einen Kinderwagen weggeschoben hat, und einen Augenblick lang geglaubt, daß es der von Markus war, weil du Markus jeden Nachmittag ausfährst. Aber heute bist du ohne Kinderwagen los, und als dir das eingefallen ist, hat die Kassiererin den Dino in deiner Tasche entdeckt, und du hast Alarm geschlagen, um so schnell wie möglich aus dem Laden zu kommen.«

Sie pflanzte sich breitbeinig vor mir auf, ihre Augen wurden weit, und sie sah mich an wie jemanden, der in einem einzigen Satz seine geistige Armut offenbart hat.

»Aber ich bin nicht aus dem Laden gelaufen«, sagte sie verächtlich. »Vielleicht ist dir das aufgefallen.«

Plötzlich ging sie zum Gartentor und riß es auf. Zum ersten Mal im Leben wurde ich von einer zehnjährigen Göre hinausgeschmissen.

Grit versuchte, die Situation zu retten. »Was meinst du denn, wie wir dir helfen können?« fragte sie.

Britta fuhr sich mit beiden Händen durchs Haar. Eine Geste der Verzweiflung, die ebensowenig wie Kamm oder Bürste ihren Wuschelkopf verderben oder verschönern konnte.

»Ihr müßt zu Oma Hannah gehen«, sagte sie.

Ich bückte mich, bis ich ihr geradewegs in ihre schiefergrauen Augen sehen konnte. Sie starrte mich an, trotzig und herausfordernd.

»Britta, weißt du eigentlich, was du damit sagst?« fragte ich sanft.

»Geht zur Oma Hannah«, wiederholte sie. Sie sprach leise und hastig, wie vorhin im Auto, »dann werdet ihr schon sehen, daß Markus nicht bei der Oma ist.«

»Du meinst, sie ist nicht verreist?« fragte Grit.

»Das weiß ich nicht. Oma ist oft verreist, aber Markus ist nicht bei ihr.«

Ich erhob mich und sah Grit an. Sie zog ein bedenkliches Gesicht. Ich legte der Kleinen eine Hand auf die Schulter und sie ließ es geschehen.

»Wohnt die Oma hier in Braunschweig?«

Sie nickte. »Beim Eulenspiegel.«

»Bäckerklint?« fragte Grit, die sich während jeder freien Stunde mit Braunschweigs Kulturgütern befaßt hatte.

Britta nannte ihr die Hausnummer.

»Und? Hat Oma Hannah einen Nachnamen?«

Brittas Blick wurde abweisend. »Ihr seid ja gar nicht so

übel«, sagte sie, »aber ich versteh nicht, warum ihr manchmal mit mir redet, als wär ich doof. Oma heißt Gäbler mit dem Nachnamen. So hat Mama geheißen, als sie noch nicht verheiratet war.«

»Lebt deine zweite Oma noch?« fragte ich, »ich meine, die Mutter von deinem Papa?«

Sie schüttelte den Kopf. »Die ist tot.« Mit einem ihrer nachdenklichen, schiefergrauen Blicke sah sie mich an. »Du hast gesagt, du bist nicht bei der Polizei, aber irgendwie benimmst du dich so.«

»Ich bin ein Detektiv, der privat ermittelt, verstehst du?«

»Kenne ich aus dem Fernsehen. — Ist Grit deine Frau?«

»Sie ist meine Sekretärin.«

Ihre Blicke glitten zwischen uns hin und her. Sie biß auf ihrer Unterlippe herum und verkniff sich ein Lächeln.

Hinter uns klappte ein Fenster.

»Britta! Wo steckst du denn? Komm rein jetzt! Aber schnell!«

Es war die erregte, sich fast überschlagende Stimme von Brittas Mutter.

»Ja doch!« rief Britta zurück und hielt den Blick immer noch auf mich gerichtet. »Was ist nun? Versprichst du's, daß ihr zur Oma geht?«

Ich sagte, das sei versprochen, und sie lief ins Haus, ohne sich noch einmal umzusehen.

Wir gingen zum Gartentor hinaus und über die Straße zum Fiat.

»Was machen wir jetzt?« fragte Grit. »Irgendwas stimmt nicht mit dieser Familie. Ist ihr kleiner Sohn entführt worden oder nicht? Wenn ja, warum streiten die Eltern das ab, statt fassungslos zu sein?«

»Frau Beer war fassungslos.«

»Richtig. Aber ihr Mann hat sie dazu gebracht, sich zusammenzunehmen. Ich finde das alles recht merkwürdig. Hast du eine Erklärung dafür?«

Ich hatte keine und schlug vor, Brittas Rat zu befolgen und die alte Frau Gäbler aufzusuchen.

»Es ist kein Fall für uns«, widersprach Grit, »niemand hat uns beauftragt, der Sache nachzugehen, und zu Hause wartet Arbeit auf uns.«

Die Menge Arbeit, die in Passau wartete, bestand aus dem Auftrag des Seniorchefs einer Baufirma, seinen Enkel zu beschatten, der drauf und dran war, einem Mädchen von der Straße auf den Leim zu gehen. Der Alte hielt nichts davon, Pretty Woman außerhalb des Kinos und in seiner Familie zu erleben.

»Fall hin, Fall her«, sagte ich, »ich lasse mich nicht an der Nase herumführen. Ich will wissen, was hier gespielt wird.«

»Red nicht so hochtrabend, Eiserbeck. Du hast mit deinen Rehaugen und der sanften Stimme, die du kriegst, wenn du mit Kindern sprichst, großen Eindruck auf Britta gemacht. Sie vertraut darauf, daß du hältst, was du ihr versprochen hast, und du willst sie nicht enttäuschen. Deshalb spielst du deinen eigenen Auftraggeber.«

»Na, wenn schon«, sagte ich forsch, um meine Verlegenheit zu übertünchen. »Teilen wir uns die Arbeit. Du kümmerst dich in Passau um den Enkel auf Abwegen, und ich besuche Frau Hannah Gäbler am Eulenspiegelbrunnen. Danach komme ich ganz schnell nach Passau zurück.«

»Besonders schnell wird das kaum möglich sein mit deinem Eiserbeckschen Spezialfahrzeug.« Sie klopfte gegen die Wagentür. »Hoffen wir mal, daß er es überhaupt noch schafft.«

Sie stieg ein, und ich schob mich hinters Lenkrad.

Mein alter Fiat war für mich nicht nur ein Gefährt, sondern auch ein Gefährte. Mit ihm war ich durch bayrische Dörfer und über Feldwege geholpert, hatte auf Straßen und Autobahnen Verfolgungsjagden riskiert, und er hatte mich nie im Stich gelassen, obwohl er in letzter Zeit klapprig geworden war.

Im *Mövenpick* sammelte ich unsere beiden Koffer ein, und wir fuhren zum Bahnhof.

»Selten so was Häßliches gesehen«, murmelte Grit, als sie durch die Frontscheibe den einfallslosen Bau aus den sechziger Jahren entdeckte. Er war nichts weiter als eine überdimensionale Streichholzschachtel, die sich hinter einem verödeten Vorplatz über betongestützte Hochwege erhob.

Der Parkplatz war abseits, ich vertraute ihm meinen Fiat an und trug Grits Koffer quer über den Platz zur Eingangshalle. Kein Trinker, kein Bettler, ich hatte Bahnhöfe und ihre Vorplätze anders in Erinnerung.

Meine schlaue Sekretärin wußte diese Sache sofort zu deuten. »Dieser Bahnhof ist zu weit vom Stadtkern entfernt«, meinte sie, »und zu unbedeutend, um ein Eigenleben entwickeln zu können.«

Die Halle glich einem Bauplatz am Sonntag. Eine Bretterwand verbarg das Baugeschehen, von dem Grit meinte, es hänge mit der Privatisierung der Bahn zusammen. Vergebens sahen wir uns nach Information und Fahrkartenausgabe um, bis ich das schlichte Schild mit dem Hinweis entdeckte: *Fahrscheine in den Containern.* Grit rümpfte die Nase und verschwand in einem Container.

Der Bahnhof präsentierte sich als ein dunkler, breiter Gang, von dem rechts und links Treppen zu den Bahnsteigen hochführten. Und er war zugig. Wohin ich mich auch begab, um auf Grit zu warten, neben die Minibäckerei mit Stehcafé oder gegenüber zu Taschenbüchern und Fachpresse, ich stand immer in einem Saugrohr. Grit tauchte wieder auf, als der Zug angesagt wurde, und wir machten, daß wir zum Bahnsteig kamen.

»Wie soll denn das laufen«, fragte Grit plötzlich und bemüht, es beiläufig klingen zu lassen, »wenn der Jüngling, den ich beschatten soll, mit dem Mädchen durchbrennt? Auf die Kanarischen Inseln zum Beispiel?«

»Du hast ganz einfach zu verhindern, daß er dir oder dem alten Herrn außer Sichtweite gerät«, sagte ich streng. »Und du hast dafür zu sorgen, daß er dich nicht entdeckt oder sich gar in dich verliebt.«

»Das würde dir aber was ausmachen!« erwiderte sie mit dem Rücken zu mir, »wenn sich jemand in mich verliebt.«

Sie wandte sich um, und ich zwinkerte ihr zu. Die Türen wurden geschlossen, wir lachten uns durch die Fensterscheibe zu, bis der Zug anruckte. Grit winkte kurz und verschwand in einem der Abteile. Ich sah ihr nach und dachte: es ist besser, wenn du nicht weißt, was mir das ausmachen würde.

Ich bin Anfang Vierzig. In melancholischen Stunden heißt das für mich, ich marschiere auf die Fünfzig zu. Doch das war nicht der einzige Grund für meine Zurückhaltung. Mir steckte noch immer eine gescheiterte Ehe in den Knochen, obwohl das Jahre zurück lag. Außerdem, sagte ich mir, ist Grit eine gute Sekretärin.

3

Ich fuhr in die Innenstadt und stellte meinen Wagen wieder in der Tiefgarage »Parkhof« am *Mövenpick* ab. Es ist eine öffentliche Garage, die auch von den Hotelgästen genutzt wird. Bei mehreren Übernachtungen zum Vorzugspreis.

Vielleicht hätte ich auch am Bäckerklint einen Parkplatz gefunden, aber sicher kann man da nie sein, und ich liebe Spaziergänge durch alte Stadtviertel, selbst ohne Grit.

Eulenspiegel saß unter grünen, alten Bäumen lässig auf dem erhöhten Brunnenrand und betrachtete lächelnd seine Eulen und Meerkatzen. In dieser Pose hatte er den gesamten Zweiten Weltkrieg und die Bombennächte überstanden. Ringsum fielen Häuser in Schutt und Asche, aber Eulenspiegel wurde von unsichtbarer Hand geschützt. Er blieb unversehrt. Grit hatte es mir erzählt.

Nach dem Krieg wurden einfallslose Wohnkästen an Stelle der ehemaligen Fachwerkhäuser rings um das Denkmal gebaut. Eulenspiegel zeigte ihnen die kalte Schulter.

Ich fand die Hausnummer, die Britta uns genannt hatte, studierte die Klingelleiste und wurde fündig. Frau Hannah Gäbler wohnte in der zweiten Etage und damit unter dem Dach. Eben wollte ich den Klingelknopf drücken, als ein junger Mann aus der Tür trat und sie für mich offenhielt. Ich stieg die Treppen hoch und lauschte an Frau Gäblers Tür. Drinnen sang jemand das Lied vom Brunnen vor dem Tore und zog den Li-indenbaum lang und in die Höhe. Ich klingelte. Der Gesang ging in unverständliches Gemurmel über, dann kam jemand mit festen Schritten zur Tür und riß sie auf.

Vor mir stand die Vergrößerung einer russischen Matroschka-Puppe, füllig, mit breitem, gutmütigem Gesicht und wachen Augen. Sie hatte sich in ein buntbesticktes Tuch gehüllt, und unter dem schwarz-grünen Kopftuch zeichneten sich dicke Haarwickler ab.

Sie fragte: »Ja?« und das klang skeptisch.

Ich grüßte höflich, ließ sie wissen, daß ich Georg Eiserbeck hieß und verschwieg ihr vorerst meinen Beruf.

»Spreche ich mit Frau Hannah Gäbler?«

»Nein«, sagte sie und wollte die Tür zuschlagen, aber die knallte gegen meinen Fuß.

»Bitte, es ist wichtig. Ich muß Frau Gäbler sprechen.«

»Vor drei Tagen«, sagte sie belehrend und mit einem slawischen Akzent, »wäre das noch möglich gewesen, in drei Wochen wird das wieder möglich sein.«

»Ach«, sagte ich, und merkte selbst, wie enttäuscht das klang. »Frau Gäbler ist verreist!«

»Und ich gieße die Blumen.«

Ihr zweiter Versuch, die Tür zuzuschlagen, scheiterte noch einmal an meinem Fuß, diesmal ziemlich schmerzhaft. Ich kratzte meinen Charme zusammen und lächelte.

»So eine Nachbarin hätte ich auch gerne.«

Das schien ihr zu gefallen, doch sie war keine, die schnell beidrehte.

»Vielleicht haben Sie so eine nicht verdient«, sagte sie und warf den Kopf in den Nacken.

»Ich denke eher, Frauen wie Sie sind etwas Besonderes und deshalb rar. — Frau Gäbler ist also mit ihrem Enkel in den Urlaub gefahren«, fügte ich schnell hinzu.

»Ihrem …? Wie bitte? Was bitte?« Sie war entgeistert. »Wer sind Sie eigentlich?«

»Ich kenne Familie Beer und wollte mit Frau Gäbler über ihre Enkelin Britta sprechen.«

Ihr Mißtrauen stand noch immer zwischen uns.

»Es ist sozusagen eine Frage der Verantwortung …«

»Ach, Sie sind Brittas Lehrer, nicht wahr?«

Ich ließ das offen. »Daß Brittas Bruder bei der Oma ist, habe ich wohl mißverstanden.«

»Gründlich.«

Ich zog den Fuß zurück. Es gab keinen Grund, ihn zum dritten mal malträtieren zu lassen, doch Matroschka schlug die Tür nicht zu. Sie schob ihr Gesicht nahe an meines heran.

»Es sei denn«, sagte sie leise und verschwörerisch, » der Enkel ist zwei Jahre älter als die Hannah.« Jetzt tanzten kleine Fünkchen in ihren Augen. »Reisebegleitung. Per Annonce. Na, ich weiß nicht, aber ich denke …«

Ich nickte ihr einen Gruß zu und lief die Treppe hinunter. Was sie dachte, konnte sie meinetwegen Frau Gäblers Blumen erzählen.

Daniel Beers Büro befand sich in der Innenstadt an exponierter Stelle: in der Straße *Vor der Burg*, gegenüber dem Platz mit Braunschweigs Wahrzeichen, dem Bronzelöwen und der Burg Dankwarderode. Ich begab mich am späten Nachmittag zum Maklerbüro in der Hoffnung, Beer dort noch anzutreffen. Das Messingschild neben der Haustür war entweder neu, oder der Makler ließ es jeden Morgen polieren. Schwarz eingraviert waren die Worte:

DANIEL BEER
Grundstücksvermittlungen
1. Etage

Ich trat ein und stieg die Treppe hoch.

Der Summer reagierte auf mein Klingeln, ich drückte die Tür auf und stand in Beers Vorzimmer. Ein gutgekleideter Mann, sicherlich ein Klient von Beer, saß in der Besucherecke und blätterte in einer Illustrierten. Hinter einem Schreibtisch saß ein Mädchen, jung und eine Spur zu grell geschminkt. Sie fragte nach meinen Wünschen mit einer Stimme, die an den Ton einer Alarmsirene erinnerte. Ich erklärte ihr, daß ich Herrn Daniel Beer sprechen müsse, in einer Angelegenheit, die keinen Aufschub dulde. Der Mann in der Besucherecke räusperte sich und warf mir einen drohenden Blick zu.

Das Mädchen erhob sich, trat zum Fenster, schob die Gardinen zur Seite und klappte es auf. Dabei sprach sie zu mir, doch ich hörte nicht recht hin. Ich sah sie an und fragte mich, warum sie mit dieser Figur in Beers Vorzimmer hockte, statt vor Kameras zu posieren und auf den Titelseiten von Illustrierten zu erscheinen.

Langsam kriegte ich mit, daß sie mir keine Chance ließ, ins Chefzimmer zu gelangen. Ich trat ans Fenster und beugte mich vor. Linkerhand war am Straßenende der Ringerbrunnen zu erkennen. Er erinnerte mich an Grit, die für Freistilringen und Wrestling schwärmte und die beiden ringenden Figuren kritisch beäugt hatte. Ich wollte jetzt nicht an Grit denken und wandte den Kopf.

Mein Blick schweifte zur Burg hinüber und zu dem Platz mit dem Bronzelöwen, der mir seinen Hintern zudrehte und sich seit 1166 die Welfenburg betrachtete. Grit behauptete, der Löwe sei die erste große Freiplastik unter deutschem Himmel. — Schon wieder Grit.

Mit einer heftigen Kopfbewegung trat ich vom Fenster zurück. Beers Klient faltete eine Zeitung zusammen und lächelte der Sekretärin zu. Beide nahmen keine Notiz von mir. Ich überlegte, ob ich mich besser für einen späteren Zeitpunkt vormerken lassen oder lieber nach Feierabend in Beers Privatbereich auftauchen sollte, und da überraschte mich das sprichwörtliche Glück, das hin und wieder dem Tüchtigen lächelt.

Beers nächster Klient erkundigte sich nach der Toilette und verschwand. Hinter einem Vorhang mußte eine Kochnische sein, denn von daher pfiff plötzlich grell und laut ein Wasserkessel. Das Mädchen am Schreibtisch stieß einen spitzen Schrei aus, sprang auf und lief hinter den Vorhang.

Ich ging zu dem Zimmer, in dem ich Daniel Beer vermutete, klopfte kurz und drückte die Tür auf, ehe von innen eine Antwort kam.

Daniel Beer telefonierte. Er sah nicht einmal auf, als ich eintrat, so konzentrierte er sich auf dieses Gespräch. Er sagte in die Sprechmuschel, das ließe sich alles aushandeln und regeln, undramatisch und zur beiderseitigen Zufriedenheit.

Spielten sich dramatische Szenen in seinem Berufsleben ab, oder hing dieses Telefonat mit seinem verschwundenen Sohn zusammen? Jedenfalls lachte der Mann am anderen Ende der Leitung böse und so laut, daß ich es hören konnte.

»Ich melde mich später noch mal«, sagte Beer hastig, »jetzt habe ich einen Klienten.«

Leise zog ich die Tür hinter mir zu und ging tiefer ins Zimmer hinein. Daniel Beer legte mit der einen Hand den Hörer auf mit der anderen zog er einen Hefter heran, öffnete ihn und sagte, den Namen langsam und bedeutungsvoll vom oberen Rand ablesend: »Herr Wilcznitzky, ich heiße Sie willkommen.«

Dann blickte er auf und erkannte mich.

Ich ging auf ihn zu und sagte verzeihend: »Irren ist menschlich.« Die Hand hielt ich ihm lieber nicht hin. »Ich habe mich auch geirrt...«

»Was erlauben Sie sich!« rief er, und der Zorn ließ seine Stirn und Wangenknochen rot anlaufen. »Wer hat Sie hier hereingelassen?«

»Türen, durch die ich hindurchgehen will, pflege ich mir selbst zu öffnen«, sagte ich, »Ich bin gekommen, um mit Ihnen über Ihre Kinder zu sprechen, Britta und Markus.«

»Meine Kinder gehen Sie nichts an! Verschwinden Sie!«

»Frau Gäbler gehen ihre Enkel etwas an. Was meinen Sie, wie sie reagieren wird, wenn sie zurückkommt und erfährt, daß Markus verschwunden ist? Sie wird zur Polizei gehen, nicht wahr?«

Er stieß die Luft aus und ließ die Schultern hängen. Sein kantiges Gesicht sah grau aus, wie aus Stein gemeißelt.

»Sie waren am Bäckerklint«, sagte er, »also wissen Sie, daß meine Schwiegermutter verreist ist.«

»Mit einem Begleiter, der keineswegs ein acht Monate altes Baby ist.«

Er kreuzte die Arme vor der Brust. Er hielt sich an sich selbst fest. »Warum tun Sie das?« fragte er ergeben. »Was gehen Sie meine Kinder an? Haben Sie keine eigenen Probleme, um die Sie sich kümmern können?«

»Wenn ich weiß, daß ein Kind verschwunden ist und

sehe, daß ein anderes Kind, in diesem Falle Ihre Tochter Britta, leidet, dann ist das mein Problem.«

Ich schwieg, und er war so wütend, daß ihm keine passende Entgegnung einfiel.

»Sowas ist doch gar kein übler Zug von mir, nicht wahr?« fragte ich scheinheilig und grinste ihn an.

Das Telefon klingelte, er nahm ab und bellte: »Ja!«

Eine Kreissägenstimme sagte: »Herr Beer, der Termin für Herrn Wilcznitzky ...«

Er ruckte den Hörer vom Ohr weg. »Soll warten!« rief er nervös, »und vorläufig keine Gespräche.« Dann legte er den Hörer wieder auf.

»Wenn ich sagte, daß ich mich geirrt habe«, fuhr ich fort, »betrifft das Sie und Ihre Tochter. Ich war unsicher, ob ich der Kleinen glauben sollte. Was mich stutzig machte, war die Beharrlichkeit, mit der sie behauptete, sie habe Markus zur Kaufhalle mitgenommen und gesehen, daß ihn jemand weggefahren hat. Sie hat mir die Wahrheit erzählt, nicht ihr Vater.«

»Trotzdem irren Sie sich *jetzt*.« Daniel Beer hatte sich wieder in der Gewalt, sprach ruhig und überlegen. »Meine Tochter kennt die Wahrheit nicht. Ein Kind muß nicht alles wissen. Die Angelegenheit ist ziemlich kompliziert. Zu kompliziert für eine Zehnjährige.«

»Sie sollten die Sache mir erzählen«, riet ich ihm. »Ich bin immerhin schon um die Vierzig, also besteht Aussicht, daß ich es kapiere.«

»Hören Sie, ich habe keinen Grund, Sie in unsere Familienangelegenheiten einzuweihen. *Mein Sohn ist nicht entführt worden!*« Er skandierte den Satz, schien ihn in mein Gehirn hämmern zu wollen und fügte obendrein hinzu: »Und das hat Ihnen zu genügen.«

»Sie wissen, wo er sich befindet?«

»Ich weiß, wo er sich befindet, und ich weiß, daß es ihm gutgeht.«

»Sie sollten es Ihrer Tochter sagen. Ich fürchte, die Kleine weiß nicht mehr, was sie von ihren eigenen Eltern zu halten hat, und sie ist traurig wegen des Babies.«

Herr Daniel Beer meinte, ich irrte schon wieder. Er gab es mir mit einem Anflug von Ungeduld in der Stimme zu verstehen.

»Britta hat zu Hause kleine Pflichten zu übernehmen«, erklärte er mir, »die ihren Bruder betreffen. Da sollten Sie sie mal maulen hören! Die ist froh, wenn sie ein paar Tage Ruhe hat. Und jetzt verlassen Sie mein Büro.«

Ich hatte ohnehin nicht vor, sein Kompagnon zu werden.

Das *Mövenpick* konnte ich mir nicht mehr leisten. Ich quartierte mich in einer preiswerten Pension im Norden der Stadt ein.

Am nächsten Morgen stand ich früh auf und war der Erste im Frühstückszimmer. Das kleine, reichhaltige Frühstücksbüffet war schon angerichtet, und als ich an der Küchentür vorbeiging, schnupperte ich frischgebrühten Kaffee.

»Geht gleich los«, rief die Wirtin. Sie war dabei, auf einem der Tische die Tageszeitungen auszulegen, und wollte zurück zur Küche, doch irgend etwas Ungewöhnliches, das ihr Unterbewußtsein registriert hatte, schien sie zu halten. Es war das *Blatt*, das sie schließlich in die Hand nahm.

»Ist denn das die Möglichkeit!« rief sie. »In unserer Stadt eine Kindesentführung!«

Sie vertiefte sich in die Lektüre, und ich hüstelte.

»Entschuldigen Sie, der Kaffee, ich weiß.« Sie faltete das Blatt zusammen. »Möchten Sie?« Sie hielt die Zeitung hoch, als wolle sie sie zum Kauf anbieten.

Und ob ich das lesen wollte! Sie drückte mir das *Blatt* in die Hand.

»Ich kann mich nicht erinnern«, sagte sie, während sie zur Küche eilte, »daß es hier sowas schon mal gegeben hätte.«

»Was ist denn los?« fragte jemand aus der Küche.

»Einem Grundstücksmakler ist das Baby entführt worden, und seine zehnjährige Tochter hat zugesehen!«

Die Tür schlug zu.

Das *Blatt* brachte das Ereignis als Sensationsmeldung in fettgedruckten Buchstaben auf der ersten Seite.

Kindesentführung in der Herzogin-Elisabeth-Straße

Tochter des Grundstücksmaklers Daniel Beer beobachtet die Entführung ihres Bruders!

Darunter ging es eine halbe Seite lang in Normalschrift weiter: »Oder hat sie gelogen? Wollte die Zehnjährige nur von ihrem Ladendiebstahl ablenken, indem sie an der Kasse einen Aufstand provozierte …«

Das konnte nur aus den Hirnwindungen von Herrn Karsten Leonhardt stammen. Ich sah nach dem Ende des Artikels und dem Namen darunter und hatte mich nicht geirrt.

Die Wirtin brachte den Kaffee und wollte mir ihre Vermutungen über das aufsehenerregende Geschehen mitteilen. Ich ließ sie nicht zu Wort kommen, drückte ihr das *Blatt* in die Hand und sagte, zu den widerlichsten Dingen, die ich kenne, gehöre es, Kinder mit Dreck zu bewerfen und sich dafür noch bezahlen zu lassen. Sie wußte nicht recht, was sie mit mir und meiner Äußerung anfangen sollte, verschwand schulterzuckend in die Küche und kam erst wieder zum Vorschein, als weitere Pensionsgäste nach Kaffee verlangten.

Wenig später rief ich von meinem Zimmer aus in Beers Wohnung an. Eine Frauenstimme sagte mit einem Akzent, den ich für slawisch hielt: »Hier ist bei Beer.«

Ich nannte meinen Namen und wünschte, mit Frau Beer zu sprechen.

»Ich allein. Machen sauber. Frau in Buttik.« Sie betonte das u.

Mit wenig Hoffnung fragte ich nach der Telefonnummer und erhielt sie augenblicklich. Wahrscheinlich hatte Frau Beer sie für Nachfragen neben das Haustelefon gelegt. Ich bedankte mich, legte auf und rief unverzüglich Frau Beer in ihrer Boutique an.

Sie kam an den Apparat und hauchte: »Ja, bitte?«

Ich meldete mich und fragte sie, ob sie schon im *Blatt* das geistige Produkt eines Reporters namens Leonhardt entdeckt habe.

»Natürlich«, sagte sie und klang ganz locker. Es schien sie kein bißchen umzuwerfen, was sie da gelesen hatte. »Mein Mann ist eben dabei, die Sache in Ordnung zu bringen.«

»Ach so«, sagte ich, »er kennt den Reporter.«

»Nicht den Reporter! Den Chef vom *Blatt*«, wies sie mich zurecht, und ich schätzte, daß dieser Chef in Beers Maklerbüro ein und aus ging.

Ich fragte nach Britta. Frau Beer meinte, sie sei selbstverständlich in der Schule. So selbstverständlich fand ich das nach den Beschuldigungen, die Karsten Leonhardt gegen das Kind losgelassen hatte, keineswegs. Erwachsene können hämisch, schadenfroh, rachsüchtig und sonstwas sein, und Lehrer sind keine Heiligen. Gewiß versuchen etliche, die Kinder vor Unrecht zu beschützen, aber es gibt auch solche, die verletzen, und Kinder haben den Erwachsenen abgeguckt, wie man Sündenböcke belädt und in die Wüste schickt.

Frau Beer erschienen meine Bedenken haltlos.

»Britta weiß sich zu wehren, wenn ihr jemand zu nahe tritt. Das haben Sie doch längst mitgekriegt.«

Ich nannte ihr die Telefonnummer meiner Pension und versicherte ihr, sie könne sich jederzeit an mich wenden, falls sie meine Hilfe brauche.

»Das wird nicht nötig sein«, sagte sie, und es klang mir für die Situation, in der sie sich befand, zu flach. »Mein Mann hat Ihnen doch gesagt, daß es Markus gutgeht und wir nicht möchten, daß sich Fremde in unsere Angelegenheiten einmischen,«

»Manchmal ändern sich die Dinge«, sagte ich, verabschiedete mich und legte auf.

Ich grübelte, ob dieser Reporter ein Gernegroß oder ein cleverer Bursche war. Hatte er aus dem Vorfall im Supermarkt eine Sensation gemacht, um auf der ersten Seite zu erscheinen, oder wollte er etwas in Bewegung setzen? Die Polizei etwa? Das war unwahrscheinlich. Als Reporter mußte er wissen, daß die nur auf konkrete Anzeigen reagieren konnte und nicht auf x-beliebige Zeitungsartikel, die am nächsten Tag sowieso wieder dementiert wurden. Aber er konnte mit dem Artikel unter den Lesern etwas in Bewegung setzen. Ich hoffte nur, daß Britta heil aus der Sache herauskam.

Ein Weilchen dachte ich über Frau Beer nach. Gestern hatte ihr Mann sie beschworen, in meiner und Grits Gegenwart nicht den geringsten Zweifel aufkommen zu lassen, daß ihr Baby in Sicherheit war. Sie hatte seinen Wink verstanden, hatte ihm gehorcht und, genau wie er, Britta zur Lügnerin gestempelt. Aber in ihren Augen hatte ich eine irre Angst gesehen. Was fühlte und dachte, was wußte Frau Beer wirklich?

Am Telefon hatte sie unbekümmert geklungen. Der Papa

wird's schon richten. War sie sicher, daß sie sich auf ihn verlassen konnte, wie schlimm die Dinge auch aussehen mochten? Oder war sie unselbständig, auf irgendeine Weise abhängig von ihm? Vielleicht war ihr flacher Optimismus nur Theater gewesen, und in Wirklichkeit war sie vor Angst ganz zu.

4

Georg Eiserbeck ist nicht der Typ, der dasitzt und wartet. Nicht, solange es noch die kleinste Möglichkeit gibt, etwas zu unternehmen. Viel konnte ich im Augenblick nicht tun, das war mir klar, Ich dachte, es könne nichts schaden, mich im Nachbarhaus umzuhören.

Ich fuhr zur Königin-Elisabeth-Straße und an Beers Haus vorbei, stellte den Fiat wieder an der Parkseite ab, stieg aus und ging ein Stück zurück. Neben Beers Anwesen stand ein Zweifamilienhaus, näher an die Straße gerückt als Beers Haus und deshalb mit einem Vorgarten, der nur aus zwei Meter Rasen und vier mächtigen Dahlienpflanzen bestand. Der Rasen war messerscharf rasiert und die Dahlien trugen jetzt, im Frühherbst, knallrote Blüten.

Ich drückte den oberen Klingelknopf. Alles blieb still, niemand öffnete, keine Gardine bewegte sich. Ich versuchte es mit der Klingel neben dem Namen Schiller. Schiller, wie der gute alte Friedrich, und diesmal hatte ich Glück. Der Summer ertönte, der kurze Weg zur Haustür war frei.

Hinter der Tür hustete jemand, bellend, hohl, und kam nicht zu Ende damit. Ich bin nicht zimperlich, hier aber trat ich einen Schritt zurück, als die Tür endlich aufging.

Der Mann, der vor mir stand, sah aus, als hätte ich ihn aus dem Grab geklingelt, bleich, mit tiefliegenden Augen. Er hatte eine Decke um den Leib gewickelt und den Hals in einen dicken Schal verpackt. Ich hielt ihm meinen Ausweis unter die Nase und versuchte, so knapp wie möglich mein Anliegen zu erklären.

Mit rauher Stimme sagte er, ja, er kenne die Familie Beer, so, wie man Nachbarn eben kommen und gehen sieht. Seine Mutter, die wisse besser Bescheid. Die lasse sich hin und wieder etwas von Frau Beer aus der Boutique mitbringen, und die kenne auch Beers Tochter.

Ich bat ihn, mich mit seiner Mutter sprechen zu lassen.

»Sie bedient heute am Obststand«, sagte er, jetzt wieder vom Husten geschüttelt, »und das wird sie wohl noch einige Tage tun müssen.«

Da ich nichts Zwingenderes zu tun hatte, beschloß ich, den Schillerschen Obststand aufzusuchen, wo immer der sich befinden mochte.

»Wir haben die Zeitung gelesen«, sagte Herr Schiller. »Meine Mutter war fassungslos, weil sie nichts bemerkt hat: keine Britta weder mit noch ohne Kinderwagen, und niemanden, der einen Kinderwagen weggefahren hat.«

»Das ist nicht hier, sondern vor dem Supermarkt geschehen«, sagte ich. »Wie hätte sie das denn bemerken sollen?«

Nach längerem Husten verriet er mir, sein Obststand befinde sich dem Supermarkt direkt gegenüber, und als ihn der nächste Anfall packte, ging er ohne ein weiters Wort ins Haus und schlug die Tür zu.

◇

Ich fuhr zurück zum Supermarkt, um mir die gestrige Situation in Erinnerung zu rufen, in der Hoffnung, mein Unterbewußtsein würde mir irgendeinen nützlichen Wink geben. Mit dem Einkaufskorb am Arm schlenderte ich zwischen den Regalen umher, beobachtete Leute, legte einige unnütze Dinge in den Korb und ging damit zur Kasse. Die Frau, die vor mir abkassiert wurde, packte einen Monatseinkauf aufs Fließband. Ich hatte Zeit, mich umzusehen.

Von hier aus, wo Britta gestern den Mann im langen Mantel beobachtet hatte, konnte man draußen den Fahrradstand, den Fußgängerweg und die Straße sehen. Ein Bus kam und hielt genau vor dem Supermarkt.

Der Bus! Ich erinnerte mich: gestern hatte Britta in dem Augenblick losgeschrien, als der Bus abgefahren war. »Jemand hat unser Baby weggefahren!« hatte sie gerufen. War der Mann, von dem sie mir später erzählte, er habe einen langen Mantel getragen, mit dem Kinderwagen in den Bus eingestiegen?

Ich bezahlte meinen Tinnef und ging hinaus.

Wie gestern hasteten die Leute in den Supermarkt, kamen mit beladenen Taschen und Beuteln heraus oder gingen achtlos vorüber. Am Fahrradstand waren zwei Damenräder abgestellt, eines ungesichert, das andere mit Schloß und Kette festgebunden.

Ich sah mich um. Von wo aus konnte man Britta am besten beobachtet haben, als sie Markus allein ließ und in die Halle ging? Oder den Mann, der den Wagen weggefahren hatte?

Auf der gegenüberliegenden Straßenseite befand sich Schillers Obststand. Daneben bot jemand Tennissocken an. Zum Sonderpreis. Fünf Paar für zehn Mark. Die Braunschweiger schienen nicht von morgens bis abends Tennis zu spielen und ihre Socken täglich zweimal zu wechseln, oder sie bevorzugten eine andere Sockenqualität. Der junge Mann, der Tennissocken zu barer Münze machen wollte, langweilte sich.

Wer Langeweile hat, dachte ich, hat Zeit, zu beobachten. Ich überquerte die Straße und ging auf ihn zu. In seinem Blick lag leichtes Erstaunen und ein bißchen Hoffnung auf ein Geschäft. Ich wies mich als Privatermittler aus und stellte ihm Fragen. Er war von der redseligen Sorte, kannte den Leonhardtschen Artikel, der im *Blatt* gestanden hatte, und sagte mir seine Meinung über Leute wie Daniel Beer. Ihn kannte er nicht, seine Gilde desto besser. Wer sich zwischen Käufer und Verkäufer schalte und beiden Geld aus der Tasche ziehe, der mache sich naturgemäß Feinde, meinte er.

»Oder Freunde, die ihm verpflichtet sind«, entgegnete ich, und dachte an Beers Beziehung zum Chef der Lokalzeitung.

Mein Sockenverkäufer zuckte nur mit den Schultern und schwenkte zu einem anderen Thema über. Ich mühte mich weiter, aus ihm herauszufragen, was mir wichtig war, mußte aber einsehen, daß ich vor dem falschen Mann stand. Er sah Mädchen und jungen Frauen nach, die vorübergingen, machte sich seine Gedanken über Autos, die die Straße entlangbrausten, aber Busse, Fahrräder und Kinderwagen interessierten ihn nicht.

Ich wünschte ihm einen Guten Tag und bummelte zum Schillerschen Obststand hinüber. *Vitaminbar*, stand auf einem an der Hauswand befestigten Schild. Darunter hatte eine Frau mit Apfelbäckchengesicht einen schmalen, langen Tisch aufgebaut und mit Gemüse, Obst und Südfrüchten beladen. Vitamine waren stärker gefragt als Tennissocken. Frau Schiller bediente flink und freundlich.

Ich entschied mich für drei Äpfel, rotbackig, wie aus dem Märchen vom Schneewittchen. Mit dem Portemonnaie zog ich meinen Ausweis hervor, sagte ihr, daß ich bereits mit ihrem Sohn gesprochen habe und bat sie, mir etwas über Beers zu erzählen.

Sie winkte mich zur Seite und bediente weiter.

»Falls stimmt, was in der Zeitung steht, bin ich gespannt, was Beers unternehmen«, sagte sie, als es niemanden mehr zu bedienen gab.

»So, wie Sie es sagen«, erwiderte ich, »hört es sich an, als würden Beers am liebsten nichts unternehmen.«

Sie zuckte die Schultern und zog die Lippen ein, als bereue sie, zuviel gesagt zu haben.

»Alles, was wir uns anvertrauen, bleibt unter uns«, sagte ich. »Ihr Sohn meinte, Sie würden ganz gut mit der Kleinen stehen, mit Beers Tochter.«

Ein Kunde verlangte Pflaumen, und Frau Schiller wandte sich ab von mir. Kaum hatte sie das Geld eingestrichen, kam sie wieder heran.

»Wenn Britta gesehen und zugelassen hat, das jemand das Baby wegfährt, geht das letztendlich auf das Konto ihrer Eltern.«

»Beers wollten dieses Kind nicht?«

»Das Kind vielleicht«, sagte Frau Schiller nach kurzen Nachdenken, »aber nicht die Arbeit, die damit verbunden ist und keine Verantwortung. Sie brauchen viel Zeit für ihre Geschäfte. Britta ist ein aufgewecktes Kind und kriegt vieles mit.«

Aber ein Kind, dachte ich, das sich von Erwachsenen beeinflussen läßt und sie auch noch nachahmt. Ich erinnerte mich an die altkluge Art, die Britta manchmal drauf hatte.

»Ich habe mich eine Weile mit der Kleinen unterhalten und denke, sie mag ihren Bruder.«

»Wer weiß schon, was in einem Kinderkopf vorgeht«, sagte Frau Schiller, »Als Markus geboren wurde, hat Britta ihre Puppen beiseite gepackt und, so oft es ging, das Baby im Arm gehalten. Die Puppen sind kalt, hat sie gesagt, der kleine Markus ist so schön warm.«

Frau Schiller bekam wieder Arbeit, und ich verabschiedete mich.

Ich hätte nach Passau fahren und einen jungen Luftikus davor bewahren können, das Geld seines bemittelten Herrn Papa an ein Flittchen zu verschwenden. Nichts zog mich nach Passau. Sollte Grit hinter dem Burschen herstiefeln. Ich blieb in meiner Braunschweiger Mittelklasse-Pension und machte mir Gedanken darüber, warum ein Ehepaar verheimlichen wollte, daß man seinen acht Monate alten Säugling entführt hatte.

An der Sache war etwas dran, das mich nicht losließ. Ich rätselte herum, was es war. Das Spätgeborene als Störenfried? Oder die nervös-arrogante Art des Maklers, mit der er versuchte, mich herauszuhalten? War es die schlecht verhohlene Ängstlichkeit von Frau Beer oder alles zusammen, und dazu noch die Besessenheit eines kleinen Mädchens, etwas ans Licht zu bringen, was ihre Eltern zu verheimlichen suchten?

Ich fuhr noch einmal in die Herzogin-Elisabeth-Straße. Zwei Häuser hinter Beers Anwesen befand sich ein kleiner Hutladen. Ich betrachtete abwechselnd die Auslagen und den Eingang zu Beers Haus. Es lag ruhig, die Fenster geschlossen, obwohl es ein milder, sonniger Herbsttag war. Niemand kam, niemand ging. Im Schaufenster lagen drei Herren- und fünf Damenhüte. Ich begann eben, Grit in Gedanken mit diversen Kopfbedeckungen zu schmücken, als eine junge Frau die Straße entlang und auf Beers Haus zuging. Sie hatte dichtes, dunkles Haar, das sie sich vermutlich selber schnitt. Herausgekommen war eine seltsame Fransenfrisur. Ihre Kleidung sah nach Secondhand aus, ihre blankgewichsten Schuhe waren ausgetreten. Vor Beers Anwesen zog sie einen Schlüsselbund aus der Tasche und öffnete das Gartentor.

Ich ging auf sie zu, wünschte ihr einen guten Tag und nannte ihr meinen Namen. Sie schloß hinter sich und direkt vor meiner Nase das Tor wieder zu.

»Wir haben miteinander telefoniert«, sagte ich schnell. »Sie waren so nett, mir die Nummer von Frau Beers Boutique zu geben.«

»Ah«, sagte sie, »ich erinnere.«

Sie hatte dunkle Augen und hohe Wangenknochen, und wenn ein Prinz sich die Mühe gab, sie aus ihrem Aschenputteldasein zu erlösen, konnte er sich mit ihr sehen lassen.

Ich nickte zum Haus hin. »Ein einsames, stilles Haus, seit der kleine Markus nicht mehr da ist.«

»Ich bügle Hemden, mache sauber, bin nicht Kindermädchen. Ich wissen nichts«. Versicherte sie eilig und wollte davon.

»Ich habe Sie auch nichts gefragt«, erwiderte ich freundlich. »Ich hätte nur gern paar Worte mit Britta gesprochen.«

»Britta Schule. — Nein«, korrigierte sie sich, mit einem Blick zur Straße. »Britta kommen.«

Ich wandte den Kopf und sah sie, ihre Schulmappe in der Hand schlenkernd, auf uns zukommen. Sie trug ein knallgelbes, warmes Kleid mit langen Ärmeln und einem kleinen Stehkragen. Als sie vor uns stand, sah ich, daß sie geweint hatte.

»Britta gutes Kind«, sagte Beers Putz- und Bügelhilfe so leise, als sei sie nicht sicher, ob sie so etwas äußern dürfe.

Ich nickte und sagte zu Britta: »Hallo, Kleines, was ist denn los?«

Sie sah die junge Frau. »Guten Tag, Sophie. Kommst du oder gehst du nach Hause?«

»Ich komme.«

»Dann bleibe ich draußen, bis du fertig bist mit Staubsaugen.«

»Mama sagen, du nicht weggehen.«

»Mach dir keinen Kopf drum«, erwiderte die Kleine.

»Zumal Sie nicht das Kindermädchen sind«, fügte ich hinzu und zwinkerte verschwörerisch.

Sophie lächelte uns zu und ging ins Haus.

Plötzlich spannten sich Brittas Gesichtsmuskel und ihre Augen wurden schmal. »Ich soll schuld sein daran, daß Markus weg ist«, sagte sie leise.

»Reden deine Mitschüler so?«

Sie nickte.

»Und die Lehrer?«

»Die sagen, sie sollen mich in Ruhe lassen. Aber sie lassen mich nicht in Ruhe. Die sticheln rum und stellen mir blöde Fragen.«

»Britta, ich würde gern reden mit dir — wenn es dir recht ist.«

Sie sah mich nachdenklich an. »Mit dir ist mir das recht«, meinte sie ernsthaft.

»Wollen wir spazierengehen? Drüben im Park vielleicht? Wenn Du willst, können wir uns auch ins Auto setzen und ein Stück fahren.«

»Spazierengehen«, sagte sie sofort. »Autofahren muß ich mit meinen Eltern. Wenn du bei mir bist, macht mich auch bestimmt niemand an.«

Wir gingen hinüber zum Park und schlenderten ziellos auf schmalen Wegen.

»Britta«, sagte ich schließlich, »als du im Supermarkt gerufen hast: Da fährt jemand meinen kleinen Bruder weg! Was hast du da gesehen? Denk mal nach. Ganz genau, bitte.«

»Den Mann im langen Mantel«, sagte sie viel zu schnell.

»Das kannst du besser, das Nachdenken, meine ich. Wo war der Mann, als du gerufen hast? Noch am Fahrradstand, oder hat er die Straße überquert oder — ist er in den Bus gestiegen?«

»In den Bus.«

Sie sah in den Himmel und spitzte die Lippen, als wolle sie ganz unbeschwert lospfeifen. Sie war kein bißchen unbeschwert, sie hatte Tränen in den Augen.

»Mein Gott, Britta! Das hättest du gleich sagen sollen!«

»Das hätte mir auch keiner geglaubt«, rief sie trotzig. »Oder wärst du hinter dem Bus hergelaufen?«

»Welcher Bus war es denn?«

»Weiß ich nicht. Die Olle an der Kasse hat ja gleich so'n Zoff gemacht!«

»Britta, so redet man nicht über Erwachsene.«

»Ach? Überleg mal, wie die über mich geredet hat!«

Eine Weile starrten wir uns an, ich ein wenig ratlos, Britta mit schiefergrauem, wütenden Blick.

»Warum willst du das alles wissen?« fragte sie schließlich, »das mit der Busnummer und so? Willst du Markus suchen?«

»Deine Eltern sagen, sie wissen, wo er ist.«

»Aber ich weiß es nicht«, sagte sie leise und traurig und ließ den Kopf hängen.

Sie tat mir leid. Von den Eltern verraten, zur Lügnerin erklärt, in der Schule gehänselt und bedrängt, vom Boulevardblatt zum Sündenbock gestempelt, war sie zwischen alle Fronten geraten. Ich nahm ihre Hand, und sie ließ es geschehen. Wir gingen zum Gartentor ihres Wohnhauses, dort wartete ich, bis sie aufgeschlossen hatte.

»Übrigens«, sagte ich, »hast du ein hübsches Kleid an.«

Einen Augenblick lang glänzten ihre Augen, dann kriegte sie ihren altklugen Ausdruck ins Gesicht.

»Das sagst du bloß so«, meinte sie ergeben. »Mama findet, das Kleid sieht häßlich aus und steht mir nicht, weil ich blond bin.«

»Nein, ich sag das nicht bloß so.«

Ein schräger, schiefergrauer Blick streifte mich. »Oma Hannah hat es mir geschenkt.«

»Na, siehst du,«

»Aber Mama sagt, ich soll was Blaues tragen.«

»Auch nicht übel. Dann würde ich dich eben Vergißmeinnicht nennen.«

»Oder grün...«

»Grashüpfer!« sagte ich schnell, und wir lachten.

»Aber mir gefällt das gelbe am besten, und wenn ich groß bin, kann ich mir ja die Haare färben lassen.«

»Untersteh dich! — Butterblümchen.«

Die Kleine strahlte mich an. Jetzt sah sie kindlich und unbeschwert aus, wie ich sie noch nie erlebt hatte.

»Butterblümchen. Ja, das bin ich«, sagte sie und jauchzte.

Plötzlich wurde sie wieder ernst. »Herr Eiserbeck«, sagte sie, »ich weiß, welcher Bus das war. Ich bin heimlich noch mal hingegangen und hab' auf dem Fahrplan nachgeguckt. Es war der Dreizehner. Der fährt um diese Zeit zum Flughafen.«

5

Acht Minuten vor elf stand ich an der Haltestelle. Es war die Zeit, um die Britta den Mann im langen Mantel gesehen hatte. Mit mir warteten zwei Personen; ein junger Mann, geschniegelt und gebügelt, mit ladenneuem Aktenkoffer. Ich war sicher, er würde bei jedem, dem er eine Versicherung oder einen Investmentfond andrehen wollte, einen guten Eindruck machen.

Eine ältere Frau hatte ihre schwere Einkaufstasche abgesetzt und lehnte gegen das Haltestellenschild. Ich begann ein freundliches Bla-Bla-Gespräch, und sie ging darauf ein.

Sie fuhr täglich um diese Zeit zu ihrer Schwester, um ihr beim Essenkochen und im Haushalt zu helfen. Die alte Dame war vor dem Haus gestürzt und hatte den Arm in Gips.

Mit einiger Mühe lenkte ich das Gespräch auf den Transport von Kinderwagen in Bus und Bahn. Im Dreizehnerbus sei das kein Problem, erklärte mir meine Gesprächspartnerin, obwohl um diese Zeit fast immer ein bis zwei Mütter mit Kinderwagen zustiegen.

In der Ferne tauchte der Bus auf, rollte schnell heran und hielt. Ich nahm meiner Bekanntschaft die schwere Einkaufstasche ab, und wir stiegen ein.

»Es gibt auch Väter mit Kinderwagen!«

»Nun seien sie bloß nicht eingeschnappt«, sagte sie erschrocken. »Natürlich gibt's die. Vor zwei Tagen zum Beispiel, da ist einer hier eingestiegen,«

»Ihr Gedächtnis möchte ich haben«, sagte ich anerkennend.

Sie winkte ab. »Das beweist doch bloß, daß Männer mit Kinderwagen heutzutage zwar keine Sensation mehr sind, aber immerhin noch auffallen.«

»Wahrscheinlich wollte er zum Flughafen«, sagte ich leichthin.

»Nein, der ist früher raus als ich, und ich fahre bis Riddagshausen. Der ist schon *Am Nußberg* raus.«

Am Nußberg war die nächste Haltestelle. Ich stand auf.

»Da muß ich auch raus«, sagte ich, »und ich glaube, den Mann habe ich auch schon gesehen, so ein dünner...«

»Im langen Mantel wirken Männer immer schlank», sagte sie, mit einem Blick auf mein Blouson. »Na, sie haben sowas nicht nötig.«

»War nett mit Ihnen«, sagte ich. »Passen Sie auf Ihre Tasche auf.«

Der Bus hielt, ich winkte ihr zu und stieg aus.

Es lief märchenhaft gut. Zweifellos war ich dem Entführer von Beers Baby auf die Spur gekommen. Ob dieser Mann mit Daniel Beers Wissen und Einverständnis gehandelt hatte oder nicht, er war mit dem Kinderwagen, den Britta vor der Kaufhalle abgestellt hatte, im dreizehner Bus bis zu dieser Haltestelle gefahren.

Ich sah mich um. Die Haltestelle lag am Ausgang des Prinz-Albrecht-Parks. Gepflegte Wege unter alten, hohen

Bäumen führten in den Park hinein, Wiesen dehnten sich, hier und da standen Bänke. Dem Park gegenüber waren vereinzelte Häuser zu sehen, wahrscheinlich der Vortrupp von Riddagshausen.

Nicht weit von der Haltestelle entfernt saß ein Alter und rauchte sein Pfeifchen. Ich ging hin und grüßte ihn höflich.

»Entschuldigen Sie«, sagte ich, als er hochblickte, »ich muß mit jemandem sprechen, der da drüben wohnt.« Ich wies zu den Häusern hin, während ich in meinen Taschen kramte. »Es ist zum Verrücktwerden, ich hab den Zettel mit Namen und Adresse liegenlassen.«

Der Alte nickte, als sei ihm das nicht fremd. »Dann wird wohl nichts draus werden«, unkte er.

»Vielleicht können Sie mir auf die Sprünge helfen.« Ich beschrieb den Mann im langen Mantel und fügte hinzu, daß er hin und wieder mit seinem Sohn im Kinderwagen unterwegs sei. »Zum Beispiel am Montag. Da ist er um diese Zeit mit dem Kinderwagen aus dem Dreizehner ausgestiegen.«

Am Montag war der Alte beim Arzt gewesen.

»Schönen Tag noch«, sagte er, hievte sich von der Bank, warf einen sorgenvollen Blick zum Himmel und ging davon.

Ich sagte mein Sprüchlein vor weiteren Spaziergängern auf, bis ich kapierte: das Märchenhafte meiner Situation bestand darin, daß ich nach Rumpelstilzchen suchte und das Rumpelstilzchen nicht unbedingt im Prinz-Albrecht-Park oder in den angrenzenden Häusern residieren mußte. Vielleicht war mein Unbekannter hier nur ausgestiegen, um mögliche Verfolger abzuschütteln, und dann mit dem nächsten Bus zum Flughafen oder sonstwohin gefahren. Denkbar war auch, daß in der Nähe jemand mit einem Auto auf ihn gewartet hatte.

Mit dem entgegenkommenden Bus fuhr ich zum Supermarkt zurück und stand eine Geduldsprobe durch, bis die

Telefonzelle neben dem Fahrradständer frei wurde. Endlich an der Reihe, betrat ich die Zelle, ließ die Karte einschnappen, und das Displayfeld zeigte an, daß ich mir für sechs Mark achtzig Sorgen von der Seele quasseln konnte.

Zuerst versuchte ich es im Eiserbeckschen Büro, obwohl ich Grit im Schlepptau des Jünglings vermutete, den sie beobachten sollte. Vielleicht war sie auch bei ihrem über alles geliebten Judo-Training.

»Hier Büro Eiserbeck.«

»Hier Eiserbeck live und sehr verwundert, dich am Ping-Pong zu erwischen. Was macht denn der Sorgenenkel unseres Klienten?«

»Och«, sagte sie, und das Wort hatte mindestens drei O, »dem geht's gut.«

»Aha. — Du hast ihn also verloren.«

»Hm.«

»Na, das hätte ich auch von hier aus schaffen können.«

»Und du?« fragte sie kleinlaut, »wie läuft's bei dir?«

Ich erzählte im Telegrammstil von meinem Besuch in der Wohnung von Oma Hannah und der blumengießenden Nachbarin, die mir verraten hatte, mit wem die alte Dame verreist war, von der Spur, die ich mit dem Bus aufgenommen und wieder verloren hatte und berichtete ihr, daß Reporter Leonhardt die kleine Britta auf unfaire Weise durch die Lokalpresse zog.

»Ich habe Beer in seinem Büro besucht. Bevor er mich rausschmiß, versuchte er mir einzuhämmern, er wisse, wo sein Sohn sei. Seitdem attackiert mich der Gedanke, daß er selbst die Hände im Spiel hat. Schmutzige Hände. Jedenfalls wird die Angelegenheit immer verzwickter.«

»Zieh deine Nase da raus und komm' nach Hause«, sagte Grit, und ich dachte, du lieber Himmel, das hätte auch eine Ehefrau sagen können.

»Soll ich dir helfen, die Praxis zu ruinieren?«

»Machst du in Braunschweig was anderes, Eiserbeck? Wer ist dein Auftraggeber?« fragte sie zurück und fügte hinzu: »Den Jüngling werde ich schon wiederfinden.«

Ich ließ eine kleine Pause entstehen.

»Du hast recht«, sagte ich schließlich, »hier gibt es ein Problem, das mich nichts angeht, aber es existiert, und ich weiß davon und kann nicht die heiligen drei Affen spielen. — Weshalb, zum Teufel, könnte jemand sein eigenes Kind verschwinden lassen, und sei es auch nur auf Zeit?«

Manchmal genügt ein Satz, um Grits Phantasie in Schwung zu bringen.

»Vielleicht hat er seinen Sohn vorübergehend an die Bavaria verkauft«, sagte sie, »weil die da grad mal für einen Film einen männlichen Säugling brauchen. Ich denke, die zahlen ganz gut für sowas. Oder er hat ihn entführt, um von irgendwoher einen Kredit zu erpressen. Warum nicht von seiner Frau, falls die auf dem Geld sitzt? Womöglich haben Beers Gütertrennung, und der Makler ist in Schwierigkeiten.«

Das Displayfeld gab mir zu verstehen, ich solle eine neue Telefonkarte einschieben.

»Vielleicht solltest du mal Daniel Beers Finanzen prü...«

Ich ließ das Wort in der Luft hängen. Eine neue Telefonkarte hatte ich nicht bei mir.

Am nächsten Morgen legte mir die Pensionswirtin das *Blatt* neben den Frühstücksteller.

»Heute klingt das ganz anders, was sie über die Entführung schreiben«, sagte sie und schenkte mir Kaffee ein. »Manchmal bin ich mir gar nicht sicher, ob außer den Seitenzahlen überhaupt was stimmt in diesem *Blatt*.«

Ich schlug es auf. Auf Seite drei wurde mit vorsichtigen Worten der Artikel von Karsten Leonhardt berichtigt. Die Redaktion versuchte, Beers Tochter zu entlasten. Sie taten es halbherzig, und für den Leser kam nicht mehr heraus als ein Rätsel: War der Säugling entführt worden oder nicht?

Klar dagegen wurde, daß man sich von Karsten Leonhardt distanzierte.

Wenn das Baby des Immobilienmaklers Daniel Beer sich für einige Zeit nicht im Haushalt befand, sei das eine Angelegenheit der Eltern, nicht der Öffentlichkeit, hieß es, und könne ebenso harmlose, wie auch bedenkliche Gründe haben. Die Geschichte, die der freie Mitarbeiter Herr Leonhardt den Lesern und der Familie Beer zugemutet habe, sei jedenfalls mehr seiner Phantasie als den Fakten entsprungen, vor allem, was die Behauptungen über Beers Tochter Britta angehe. Die Redaktion distanziere sich von der Privatmeinung eines Karsten Leonhardt, der allein die Verantwortung für diesen Artikel zu tragen habe.

Im Flur klingelte das Telefon. Ich strich eben Butter auf meinen Toast, eine Handlung, die ich beinahe feierlich begehe.

»Telefon für Herrn Eiserbeck!« Die Wirtin kam ins Frühstückszimmer und nickte mir zu.

»Ich frühstücke!« sagte ich ungehalten.

»Das habe ich ihm schon erzählt, er läßt aber nicht locker.«

»Wer?«

»Er heißt Leonhardt.«

Wie hätte er sonst heißen sollen! Ich ging zum Telefon.

»Ich hoffe«, sagte ich, »mein Toast wird aus einem wichtigen Grund kalt.«

Er fragte, ob ich die Zeitung gelesen hatte.

»Wieso? Haben Sie einen Orden erhalten?«

»Einen Anschiß«, korrigierte er.

»Immer, was der Mensch wert ist.«

Er nannte mich einen schadenfrohen Kerl, meinte aber, das mache ihm nichts aus. Hauptsache, ich erinnere mich an das, was er mir gesagt habe.

»Kann kaum was Gutes gewesen sein«, erwiderte ich, noch immer verstimmt.

»Ich habe Ihnen Zusammenarbeit angeboten, als Sie an Arbeit noch nicht einmal gedacht haben. Jetzt ist es soweit, Eiserbeck, es gibt zu tun für Sie.«

»Ich entscheide selbst, ob ich ...«

Er fiel mir ins Wort. »Selbstverständlich. Aber anhören sollten Sie mich, wie könnten Sie sonst entscheiden?«

Leonhardt hatte längst meine Neugier geweckt.

»Hört sich an, als hätten Sie es verdammt eilig.«

»Dann haben Sie richtig gehört. Mein Vorschlag: um elf Uhr in der Innenstadt. *Papenstieg.* Bei *Mutter Habenicht.*« Er beschrieb mir den Weg und legte auf.

Ich bestellte mir bei der Wirtin einen frischen Toast.

6

Vom Burgplatz kommend, ist der Papenstieg die erste Querstraße, die Vor der Burg abzweigt, also kaum zwei Minuten von Beers Büro entfernt. Ich fuhr meinen Wagen wieder zu Mövenpicks Tiefgarage und ging die kurze Strecke zu Fuß. Zwischen einem schmalen, hohen Backsteinbau, in dem die Dom-Singschule zu Hause ist, und der weißen, schmucklosen Rückfront von Karl Lagerfelds Wäschekaufhaus drängte sich ein Fachwerkbau, eingeschossig, in der Mitte mit schmalem, über das Dach hinausragendem Vorbau. *Mutter Habenicht* stand in geschwungener Schrift über der Tür. Ein am Fenster befestigtes Schild wies auf die Öffnungszeiten hin und fügte hinzu: Am Sonntag ruht sich die Mutter aus. Es war Wochentag, und es war fünf Minuten nach elf Uhr, die Mutter hatte seit fünf Minuten ihr Lokal geöffnet.

Ich drückte die schwere Holztür auf und betrat einen kleinen, mit dunklem Holz getäfelten Raum. Durch zwei mit Herbstblumen bestandene Fenster fiel gerade soviel

Licht, daß man nicht blindlings gegen die Tische und Stühle stolperte. Ich schloß einen Moment lang die Augen, und als ich sie öffnete, sah ich Karsten Leonhardt an einem Tisch sitzen. Nervös drehte er ein halbvolles Bierglas in der Rechten. Er rauchte, und auch das wirkte nervös.

Wir begrüßten uns kurz, aber ich blieb noch stehen und betrachtete das Plakat in Leonhardts Rücken, das den größten Teil der Wand einnahm. Es war ein Lehrbrief der Klempner-Innung, für Erich Habenicht um 1906 ausgestellt. — Ein Mann, der es verstand, zu zeigen, wozu er es gebracht hatte.

»Hier gibt's Stühle«, meinte der Reporter ein wenig grantig.

»Ich hoffe, Sie haben mich nicht hier herbestellt, um Luft abzulassen«, erwiderte ich und setzte mich.

Die Speise- und Getränkekarte lag in Form eines Platzdeckchens vor mir. Ich studierte die Getränke.

»Dieser verdammte Klüngel...«, sagte Leonhardt und verstummte, als die Kellnerin an den Tisch trat.

Mutter Habenicht war das zweifellos nicht, die mich bediente, die hatte eine ihrer Töchter oder Enkelinnen oder sonstwen geschickt, jedenfalls eine ansehnliche Blondine, und ich bestellte bei ihr einen Orangensaft.

»Das war so«, sagte Leonhardt, als wir wieder allein waren, das Ehepaar in der Ecke uns gegenüber saß außer Hörweite, wenn wir mit gedämpften Stimmen sprachen, »der Chef vom *Blatt* hat meinen Artikel abgesegnet. Alles paletti. Kaum ist der Artikel raus, ruft Beer an, und ich werde zum Sündenbock gestempelt.«

»Wieso hat der Mann solchen Einfluß auf das *Blatt*?«

»Wahrscheinlich will der Alte was von ihm, günstigen Land- oder Hauskauf. Jedenfalls hat er sich von mir und meinem Artikel auf eine Weise distanziert, die es mir unmöglich macht, im *Blatt* auch nur noch eine Zeile unterzubringen.«

»Wie steht's denn mit den Konkurrenzzeitungen?« fragte ich.

Er versicherte mir, in dieser Stadt gebe es nur eine Lokalzeitung, und wenn die einem Journalisten, der bisher gut angekommen sei, die Tür vor der Nase zuschlage, bedeute das für den Ausgesperrten ein ziemliches Dilemma. »Von heute auf morgen«, sagte er, »komme ich bei keiner großen Tageszeitung oder Illustrierten unter. Die nächsten Lokalblätter, die für mich in Frage kämen, befinden sich in Wolfsburg oder Hannover.«

»Demnach wäre Ortswechsel angesagt.« Ich fragte, ob es für ihn familiäre Bindungen in Braunschweig gäbe.

Er verneinte mit einer unwilligen Geste. »Es geht nicht um meine Unbeweglichkeit«, versicherte er, »sondern schlichtweg um Unrecht. Ich war bis zum heutigen Tag ein angesehener Reporter in dieser Stadt, und das lasse ich mir nicht kampflos kaputt machen.«

»Welche Rolle haben Sie mir dabei zugedacht?«

»Arbeiten Sie für mich, Eiserbeck. Ich werde nicht von heute auf morgen am Hungertuch nagen. Ich kann Sie bezahlen.«

»Wir werden sehen«, erwiderte ich vorsichtig.

»Was meinen Sie denn, was ich für Sie tun könnte?«

»Beweisen, daß der acht Monate alte Säugling der Familie Beer entführt worden ist. Beweisen Sie, daß ich mit meinem Artikel recht hatte.«

»Sie hätten Beers Tochter aus dem Spiel lassen sollen.«

»Jeder will, daß ich meine Artikel so schreibe, wie er es für richtig hält, aber es ist mein Job, und den ziehe ich auf meine Weise durch. Die Kleine steckte von dem Moment an drin, als sie im Kaufhaus geklaut hatte.«

»Sie ist ein Kind! Sie hat jetzt nicht nur zu Hause Probleme, sondern auch in der Schule. Sie weiß nicht, wie sie damit fertig werden soll.«

Er winkte ab. »Auch wenn Sie für mich arbeiten, müssen wir nicht immer einer Meinung sein. Hauptsache, Sie bringen Ergebnisse.«

Ich fragte ihn, weshalb er so sicher sei, daß man den Sohn des Immobilienmaklers wirklich entführt habe.

»Erstens, weil er nicht mehr da ist, oder haben Sie ihn inzwischen zu Gesicht bekommen?«

Ich schüttelte den Kopf, und er sprach weiter.

»Zweitens, weil Beers Tochter stur und steif behauptet, ihr Bruder sei verschwunden. Ich nehme sogar an, sie hat zugesehen, wie jemand den Kinderwagen weggefahren hat. Natürlich ist auch interessant, warum sie sich so verhalten hat, aber Seelenquark werde ich erst in zweiter Linie aufrollen. Zuerst will ich die Tatsache beweisen, daß man Markus Beer entführt hat. Es gibt auch noch ein Drittes«, fuhr er fort. »Ich habe mit den Eltern gesprochen und festgestellt, daß sich in dieser Familie einer sonderbarer als der andere benimmt, wenn man auf ihren Säugling zu sprechen kommt.«

Diesmal widersprach ich ihm nicht.

»Ich will auch wissen, was hinter diesem Verhalten steckt! Übrigens, zur Polizei habe ich einen Fühler. Wenn die was wüßten, hätte ich's mitgekriegt. Aber das will nicht viel besagen. Die Angst, daß Entführer durchdrehen, wenn sie merken, die Polizei ist ihnen auf den Fersen, ist nicht unbegründet. – Also, was ist? Nehmen Sie an?«

Ich nahm an. »Allerdings«, sagte ich, »muß ich über Daniel Beer mehr wissen, als ich im Augenblick weiß. Mir geht es um Folgendes: Ist er finanziell so gut bestückt, daß ein Kindesentführer sicher sein kann, Beer werde ohne weiteres auf eine Lösegeldforderung eingehen? Sichert das Maklerbüro der Familie Beer überhaupt ein so gutes Einkommen, daß sie sorglos leben können? Oder schleppen sie sich vielleicht von Monat zu Monat so hin? Ich möchte auch wissen, mit wem Beer zum Beispiel bis vor kurzem befreundet war und es jetzt nicht mehr ist. Gab es Feindschaften, die bis in die Gegenwart wirken oder jetzt wieder aufgebrochen sind? Affären mit Frauen? War er mal im Gerede?«

Leonhardt war nachdenklich geworden. »Ein Makler namens Beer ist wahrhaftig vor Jahren ins Gerede gekommen«, meinte er. »Soviel kann ich Ihnen auf Anhieb sagen. Worum es ging, weiß ich nicht mehr, aber das grabe ich aus, darauf können Sie sich verlassen.«

◊

Um die Mittagszeit stand ich mit dem Fiat wieder am Prinz-Albrecht-Park und beobachtete Beers Anwesen. Im Haus standen mehrere Fenster offen. Wahrscheinlich war Frau Beer zu Hause oder Britta oder beide. Ich behielt alles im Blick, ohne zu wissen, worauf ich eigentlich aus war. Bis mir der Reporter ein paar Anhaltspunkte zuspielte, handelte ich einfach nach der alten detektivischen Weisheit, daß Geduld und Ausdauer einem irgendwann Erfolg bescheren oder zumindest einen Schritt in dieser Richtung voranbringen.

Ein Junge, ungefähr in Brittas Alter, lief die Straße entlang und näherte sich Beers Haus. Ein Schulfreund von Britta, dachte ich. Vor dem Gartentor blieb er stehen.

In diesem Augenblick flog die Haustür auf und Britta stürmte heraus. Der Junge schien sie nicht zu interessieren, sie wollte hinter das Haus laufen, hörte aber am Tor ein Klicken.

Der Junge hatte etwas in den Briefkasten geworfen und hastig die Metallklappe des Kastens heruntergedrückt. Dann lief er davon.

Britta kam zum Tor und rief ihm nach: »Torsten! Hallo, Torsten! Ich bin zu Hause!«

Ohne sich umzusehen, legte Torsten an Tempo zu.

Ich überlegte, ob ich hinterherlaufen und ihn mir schnappen sollte, ließ es aber sein. Wenn Britta ihn kannte, konnte ich ihn jederzeit aufsuchen.

Ich ging über die Straße auf Beers Gartentor zu.

»Da bist du ja wieder«, sagte Britta und fummelte am Briefkasten herum.

»Hallo, Britta. War das ein Verehrer von dir?«

Der Junge bog eben in eine Nebenstraße ein und war damit für uns verschwunden.

Britta grinste. »Aus dem mach ich mir nicht viel«, sagte sie. »Doofer Kerl! Wirft mir einen Zettel ein! Der hat doch gesehen, daß ich zu Hause bin.«

»Gibt's was Neues?« fragte ich. »Ist Markus zurück?«

Sie schüttelte den Kopf. »Und bei dir?«

Ich zuckte die Schultern, aber sie sah es nicht, sie war noch immer mit dem Briefkasten beschäftigt.

»Hast du keinen Schlüssel?« fragte ich.

»Das geht auch so.« Vorsichtig schob sie ihr graziles Händchen durch den Briefkastenschlitz. »Guck mal, ich hab's schon!«

Sie zog ein Briefkuvert heraus, zugeklebt, ohne Anschrift, ohne Absender. Sie riß es auf, entnahm einen zusammengefalteten Zettel im Format DIN A4 und las. Über ihrer Nasenwurzel kerbten sich langsam zwei tiefe Falten ein.

»Na, was schreibt der Torsten«, fragte ich.

»Das ist nicht von ihm.« Sie gab mir den Zettel und fragte ahnungsvoll: »Ist das wegen Markus?«

100000 fÜr DeinEn *Sohn*

stand auf dem Blatt, das war alles. Die Zahl 100 000 stammte zweifellos aus einem Lotto-Werbeschein, die Worte *für* und *deinen* waren Buchstabe für Buchstabe aus einer Zeitung ausgeschnitten und zusammengesetzt worden. Das Wort *Sohn* hatte man insgesamt ausgeschnitten und aufgeklebt.

»Stimmt, das ist wegen Markus«, sagte ich. »Weißt du, wo Torsten wohnt?«

»Klar. Wollen wir hin?«

»Schnellstens.«

»Ich muß die Fenster zumachen und abschließen!« rief sie und ging zurück.

Ich lief zum Fiat und fuhr ihn vor Beers Haus. Als ich ausstieg, verschloß Britta eben das Gartentor. Ich hielt ihr die Wagentür auf. Sie kletterte auf den Beifahrersitz, und wir fuhren los. Sie wies den Weg. Er war kurz und endete nach wenigen Minuten in einer Sackgasse. Torsten Kehler wohnte im vorletzten Haus.

Ich ließ Britta aussteigen. Sie ging zum Haus und drückte einen Knopf auf der Klingelleiste. In der ersten Etage wurde ein Fenster geöffnet, und ein Mädchen, jünger als Britta, steckte den Kopf heraus.

»Hallo, Jessika, ich muß zu Torsten!« rief Britta.

»Der ist aber nicht da.«

»Wo steckt er denn?«

»Fußball spielen. Mami hat gesagt, er soll pünktlich halb sieben zu Hause sein.«

»Danke, Jessika.«

Sie kam zurück und stieg wieder ein. Ich absolvierte ein

mittelschweres Wendemanöver, und wir ließen die Sackgasse hinter uns.

»Am besten, wir fahren zum Park zurück«, sagte Britta, »ich weiß, wo die Jungs Fußball spielen.«

Am Prinz-Albrecht-Park bogen wir in die erste schmale Straße ab, die links in den Park hineinführte.

»Dort vorn kannst du schon die Gaststätte sehen«, sagte Britta. »Dahinter ist das Freie-Turner-Stadion. Wir nennen das einfach *Turnschuh*. Dort gibt's zwei Sportplätze, und auf dem kleineren Platz bolzen die Jungs rum.«

Ich hielt vor der Gaststätte. Wir stiegen aus, Britta ging auf die Eingangstür zu und studierte die Tafel mit dem Wort *Erdbeereis*. Sie brauchte soviel Zeit, als müsse sie sich die Pflanzung und Pflege von Erdbeeren und die Herstellung von Eis eintrichtern. Rechts und links vom Haus führten schmale Wege zu den Sportplätzen.

»Was ist?« fragte ich, »üben die Jungs auf dem Platz oder in der Kneipe?«

»Man kann reingehen und kommt über die Terrasse zu den Sportplätzen«, sagte sie.

»Man kommt auch außenherum zu den Sportplätzen.«

Ihr Blick hielt sich wieder an dem magischen Wort an der Tafel fest.

»Komm«, sagte ich, »erst die Arbeit, dann das Vergnügen.«

»Heißt das, du magst auch Erdbeereis?«

»Ich bin ganz verrückt danach.«

Sie machte einen Hopser und kam hinter mir hergelaufen. Wir gingen an der Umzäunung entlang und betraten durch eine schmale Pforte das Spielfeld.

Der Junge, den wir suchten, saß auf dem Rasen und zog sich die Fußballschuhe an. Als Britta ihn rief, sprang er auf, kriegte mit, daß er erst einen Schuh anhatte und ließ sich wieder fallen.

»Hab ich dir nicht gesagt, der ist doof«, meinte Britta.

Sie rief dem Jungen zu: »Warum willst du denn weglaufen? Ist doch nichts Schlimmes!«

Wir waren herangekommen, und er sah mißtrauisch zu uns auf.

»Der Brief den du eingeworfen hast«, sagte Britta, »hast du den geschrieben?«

»Quatsch. Ich hab' ihn nicht mal gelesen.«

»Und woher hast du ihn?«

Er zuckte die Schultern, dann zeigte er auf mich. »Kann sein, von dem da.«

Britta, die bislang ihre Sache so machte, daß sie als meine Sekretärin hätte durchgehen können, schaute mit offenem Mund von Torsten zu mir.

»Heißt das, der Mann hatte ungefähr meine Größe?« fragte ich schnell.

»Ist das wichtig?«

Er nahm den Blick von uns, bückte sich und angelte sich den zweiten Sportschuh. Er zog ihn so unbeholfen an, als wechsele er zum ersten Mal im Leben die Schuhe. Selbst Britta fiel seine Nervosität auf.

»Warum bist du denn so durcheinander?« fragte sie.

»Weil...«, er hob den Kopf, sah zu den Jungs auf den Platz hinüber, »ich hab keine Zeit mehr. Die warten auf mich.«

»Die kommen ganz gut ohne dich zurecht«, sagte ich. »Also, wer hat dir den Brief gegeben?«

»Er warf Britta einen flehenden Blick zu. »Was geht denn den das an?« fragte er, »der Brief war für euch.«

Britta riet ihm zu antworten, streng, ein bißchen geheimnisvoll und ohne etwas zu verraten.

»Dieser Mann«, sagte ich, »wird von der Polizei gesucht. Dir passiert nichts, wenn du uns hilfst, ihn zu finden.«

»Polente«, murmelte er, mit einem strafenden Blick zu Britta, »hab's mir doch gleich gedacht. — Der Mann ist mit dem Motorrad gekommen, war plötzlich neben mir und hat gefragt, ob ich ihm einen Gefallen tun könnte — einen Brief bei euch einwerfen.«

Ich fragte ihn, wo das gewesen sein.

Er beschrieb die Stelle und meinte, der Motorradfahrer müsse dort direkt aus dem Park gekommen sein. Als er wegfuhr, hatte er die Ebertallee überquert und sich stadtauswärts davongemacht.

»Was hat er dir gegeben für den Gefallen?« fragte ich.

Der Junge druckste herum, bis ich ihm versicherte, was immer er bekommen habe, er dürfe es behalten. Ich müsse nur wissen, was es gewesen sei.

»'n Fünfer«, meinte Torsten mürrisch, »und er hat gesagt, er hat Möglichkeiten zu kontrollieren, ob ich den Auftrag gleich erledige, und ich soll aufpassen, daß mich keiner von Beers Familie sieht. Aber als ich am Briefkasten war ...«, er warf Britta einen vorwurfsvollen Blick zu, »da kam sie aus dem Haus gerannt.«

Ich fragte, ob ihm der Mann bekannt vorgekommen sei, ob er ihn vielleicht irgendwo schon einmal gesehen habe. Der Junge zuckte die Schultern. Nach seiner Beschreibung hatte der Fremde etwa meine Größe und war korpulent. Gesicht, Augen- und Haarfarbe konnte er nicht beschreiben, der Motorradfahrer hatte weder Helm noch Brille abgenommen.

»Ist dir an seiner Stimme etwas aufgefallen?«

Torsten sah mich an, als sei ihm plötzlich klar geworden, daß ich nicht alle Tassen im Schrank habe.

»Hat nicht gepiepst und nicht gegrunzt«, meinte er verächtlich. »Hat sich einfach wie 'n Mensch angehört.« Er rannte los.

»Ist das der Mann, der unseren Markus hat?« fragte Britta.

»Ich werd's rausfinden, Butterblümchen.«

Vor Beers Gartentor parkte ein roter Golf Cabrio. »Mist«, schimpfte Britta, »Mami ist schon zu Hause.«

»Warum stört dich das?«

»Weil ich nicht aus dem Haus gehen sollte, bis Mama oder Papa da sind.«

»Warum?« fragte ich.

»Weiß ich nicht. Sie haben mir einfach verboten, aus dem Haus zu gehen.«

◊

Fürchteten Daniel Beer und seine Frau, ihre Tochter könnte auch noch verschwinden? Ich fragte Britta nach Verwandten, die möglicherweise in Riddagshausen wohnten oder irgendwo an der Strecke vom Dreizehner-Bus, aber sie konnte niemanden benennen.

Noch während wir ausstiegen, kam Brittas Mutter aus dem Haus gestürzt und zum Tor gelaufen. Britta ließ den Kopf hängen. Wir machten uns beide auf ein Donnerwetter gefaßt. Ich schloß den Fiat ab. Als ich mich umsah, hatte Frau Beer die Kleine in die Arme geschlossen.

»Du solltest doch... Hauptsache, dir ist nichts passiert. Ich habe solche Angst gehabt«, sagte sie, streichelte und küßte ihre Tochter.

»Aber ich war mit Herrn Eiserbeck«, sagte Britta, »da brauchst du keine Angst zu haben.«

Frau Beer ließ das Mädchen los und trat auf mich zu. Sie sah schlecht aus. Sie war ebenso gepflegt und dezent geschminkt wie vor Tagen, wirkte aber abgespannt, verhärmt und kraftlos. »Warum locken Sie das Kind aus dem

Haus?« fragte sie müde. Ich sagte, ich hätte Britta keineswegs aus dem Haus gelockt, doch das würde ich lieber ihrem Mann erklären.

»Mein Mann hat Ihnen erklärt, daß wir Sie nicht brauchen.«

»Ihr Mann, ja. Aber Sie, Frau Beer, was meinen Sie?«

»Geh ins Haus, Britta. — Dasselbe, was mein Mann meint«, sagte sie zu mir gewandt.

Britta rief mir zu: »Mach's gut, Herr Eiserbeck!« und verschwand im Haus.

»Vielleicht kommt Ihr Dilemma daher, daß Sie keine Meinung haben«, sagte ich, »oder daß Sie eine haben, aber damit hinterm Berg halten.«

»Jetzt gehen Sie zu weit.« Sie gab sich Mühe, empört zu sein, doch selbst dazu war sie zu kraftlos.

»Ich sollte in Ihrer Nähe bleiben«, sagte ich, »damit jemand da ist, der Sie auffängt, wenn Sie umkippen. Sie sind so weit, und ich frage mich, warum, wenn Sie doch wissen, wo Ihr Baby ist, und es bald wiederhaben.«

Sie wandte den Kopf zur Seite und schwieg.

»Wann wird Ihr Mann heute nach Hause kommen?«

»Das kann spät werden«, sagte sie abweisend, »bitte, verlassen Sie unser Grundstück und kommen Sie nicht wieder her. Vor allem, lassen Sie Britta in Ruhe. Das möchte nicht nur mein Mann«, fügte sie hinzu, »das ist auch mein Wunsch.«

Ich wollte vermeiden, daß sie hysterisch wurde, verließ das Anwesen und zog die Gartentür hinter mir zu.

Draußen wandte ich mich nach ihr um und zog den Brief aus der Tasche, den der Junge in Beers Briefkasten geworfen hatte. Ich merkte, daß sie mich aus den Augenwinkeln beobachtete.

»Ihr Problem, Frau Beer, bin nicht ich, sondern das ist

der Mann, der Ihnen das geschrieben hat«, sagte ich, »der wird Sie nicht in Ruhe lassen.«

»Mir geschrieben?« fragte sie neugierig und voller Unruhe und kam zur Gartentür.

»Ihnen und Ihrem Mann...«

»Was ist das?«

Ich zog den Zettel aus dem Kuvert und hielt ihn mit beiden Händen hoch, so daß sie nicht danach greifen, ihn aber lesen konnte.

»Das ist eine Lösegeldforderung für Ihr entführtes Baby.«

Sie brauchte ein paar Sekunden, um zu begreifen, was sie sah und hörte. Plötzlich wurde sie blaß und umklammerte die Stäbe der schmiedeeisernen Gartentür.

»Woher haben Sie das?« fragte sie leise.

Ich erzählte es ihr und sagte, daß ich sie gern damit verschont und die Angelegenheit mit ihrem Mann besprochen hätte. Aber leider hatte sie mir das unmöglich gemacht.

»Sprechen Sie mit ihm«, sagte sie und riß das Gartentor auf. »Kommen Sie herein! Schnell! Wir müssen ihn anrufen. Er wird noch im Büro sein, er wollte heute länger bleiben.«

Ich ging hinter ihr her ins Haus. Sie ging zum Telefon und hackte nervös die Zahlen ein. Sie mußte warten und schüttelte den Hörer, als könne sie so ihren Mann dazu bewegen, schneller ans Telefon zu gehen.

»Daniel!« rief sie, als er sich endlich meldete. »Daniel, bitte, komm' sofort nach Hause!« Ihre Stimme klang schrill.

Ich konnte nicht verstehen, was er sagte, wahrscheinlich wollte er wissen, was passiert sei.

»Daniel, bitte, das läßt sich nicht am Telefon besprechen, aber es ist von größter Wichtigkeit. Bitte, glaube mir.«

Er erwiderte etwas, und sie nickte dazu. Dann legte sie den Hörer auf.

»Er kommt«, sagte sie aufatmend.

Erst jetzt bot sie mir Platz an und ließ sich selbst in einen Sessel fallen. Sie saß, ohne sich zu rühren, und wir schwiegen. Irgendwann sah ich draußen einen BMW vorfahren, dunkelblau-metallic, Angeberschlitten.

Frau Beer hob den Kopf, blieb aber sitzen und sagte noch immer nichts. Wir hörten die Wagentür zuschlagen, die Gartenpforte quietschen, dann wurde die Haustür aufgeschlossen, Schritte näherten sich der Wohnzimmertür, Herr Daniel Beer trat ein und sah mich im Sessel sitzen.

»Sie?« Es war ein Aufschrei, in dem sich Enttäuschung und Wut mit Neugier mischten.

Ich erhob mich. Den Zettel ließ ich hinter mir im Sessel liegen, mit der Schrift nach unten.

»Ist das die *ungeheure Wichtigkeit!*« schrie Daniel Beer seinc Frau an.

Sie sprang auf und riß den Zettel an sich. »Er will Geld für Markus!«

Auch sie hatte geschrien. Sie gab ihrem Mann den Zettel und blieb händeringend vor ihm stehen. *Er* hatte sie gesagt, spontan, ehrlich, wissend. Nicht sie, und damit eine Frau oder die Entführer gemeint, sondern *er.* Wußte auch Frau Beer, in wessen Hände ihr Baby geraten war?

»Woher hast du das?« fragte Beer. Seine Stimme klang kühl und streng.

Ich erzählte ihm die Geschichte genau so, wie sie sich zugetragen hatte.

»Und deshalb rufst du mich aus einer äußerst wichtigen Verhandlung?« sagte Beer ungehalten und sehr eindringlich zu seiner Frau.

Sie schluckte. »Aber Daniel ...«

Er sah sie an wie ein Kind, das man bereits mehrmals

wegen einer Sache gescholten hat und das noch immer nicht begreifen will.

»Da denkt sich irgendein Bengel eine Geschichte vom großen Unbekannten aus, schnipselt Zahlen und Buchstaben aus der Zeitung, klebt sie auf einen Zettel und will damit vielleicht unsere Tochter ärgern, und du ...«

»Laß Britta aus dem Spiel«, sagte sie leise, aber mit solcher Bestimmtheit, daß ihr Mann augenblicklich schwieg.

Ich dachte, sie sollte ihn auf diese Art des öfteren in die Schranken weisen.

Daniel Beer drehte sich langsam zu mir um. Seine Bewegung hatte etwas Drohendes an sich.

»Sie sind an allem schuld«. sagte er, »Sie und dieser Reporter haben das Märchen von der Entführung meines Sohnes in die Welt gesetzt, untergraben mein Ansehen und ängstigen meine Familie.«

»Wenn das so ist«, sagte ich, sollten Sie zur Polizei gehen und mich wegen Verleumdung und Verletzung Ihrer Persönlichkeitsrechte anzeigen.«

»Ja«, sagte er, »vielleicht sollte ich das wirklich tun. — Man nimmt viel zuviel Rücksicht«, fügte er in einem Anflug von Selbstmitleid hinzu.

»Rücksicht auf wen?« fragte ich.

»Ihr Fehler ist«, sagte er drohend, »daß Sie sich zuviel herausnehmen. Wie können Sie es wagen, ein Schriftstück, das in meinen Briefkasten geworfen wurde, meiner Tochter aus der Hand zu nehmen und damit hausieren zu gehen ...«

Ihm zu widersprechen hatte wenig Sinn. »Sie haben recht«, sagte ich deshalb und ließ es einsichtig klingen. Sein Blick wurde forschend. »Ich hätte den Brief nicht in Ihr Haus, sondern zur Polizei tragen sollen. Na, irgendwann werd ich's schon noch kapieren.«

Er seufzte leicht und ein wenig theatralisch. Dann wandte er mir gegenüber den überheblichen belehrenden Ton an, mit dem er sonst zu seiner Frau sprach.

»Ich gebe ja zu, daß Sie recht haben könnten, Herr Eiserbeck«, sagte er, »und daß hinter dieser ...« er hob den Zettel an die Augen, als müsse er Pulverschrift entziffern, »... Hunderttausendmarkforderung mehr stecken könnte, als ein Dummerjungenstreich. Die Zeitungsmeldung von der Entführung unseres Sohnes wird kriminelle Trittbrettfahrer auf den Plan gerufen haben, die auf diese Weise ihren Reibach machen möchten. Na, und! Sollen sie mir Zettel ins Haus schicken, soviel sie wollen. Ich werde nicht darauf reagieren. Und Sie sollten, auch um sich und Ihre Branche nicht lächerlich zu machen, ein für allemal begreifen: *Hier ist kein Kind entführt worden!*«

Den letzten Satz skandierte er und sah mich an, als erwarte er, daß ich ihn ebenso wiederhole. »Und deshalb, Herr Eiserbeck, brauche ich der Polizei keine Entführung zu melden. Und deshalb, Herr Eiserbeck, brauche ich kein Lösegeld zu zahlen und brauche niemanden, auch keinen Privatdetektiv, der mein Kind sucht. Ist Ihnen das endlich klar?«

Ich warf einen kurzen Blick auf seine Frau. Sie biß auf der Unterlippe herum, hielt die Augen geschlossen und sah aus, als weine sie innerlich.

»Das müssen Sie nicht mich fragen«, antwortete ich Daniel Beer, »denn nicht ich bin es, der vor Angst um das Baby halb wahnsinnig ist. Es ist ihre Frau.«

7

Der Reporter, jetzt mein Auftraggeber, rief am nächsten Morgen an, er habe eine Menge herausgefunden, und wir verabredeten uns für den späten Nachmittag, wieder bei *Mutter Habenicht.*

Diesmal kam ich zuerst. In dem kleinen Raum saßen Frauen beim Kaffeeklatsch. Am Tresen tranken zwei Männer Bier und Korn. Ich setzte mich ans Fenster und bestellte ein Kännchen Tee. Während ich trank, betrachtete ich das Sammelsurium von dekorativ auf Wandborden plazierten Töpfen und Krügen, von Fotos und Plakaten, die die Wände bedeckten. Die Mutter der Gaststätte hatte durch die Jahrzehnte gesammelt und ihre Beute zur Schau gestellt.

Leonhardt kam, rief mir ein kurzes »Hallo!« zu, nahm Platz, bestellte sich Kaffee und legte sofort los.

»Vor drei Jahren«, sagte er, »gab es hier einen Prozeß um einen Newcomer im Immobilienhandel. Ein gewisser Jürgen Dillmann verkaufte Bauland, das er nicht hätte verkaufen dürfen.«

»Wieso? War es als Bauland nicht zugelassen?«

»Das schon, aber ein großer Teil davon hätte vorher saniert werden müssen, was Dillmann wußte.«

Er zündete sich ein Zigarette an, und ich fragte ihn, woher Dillmanns Wissen stammte.

»Er hat von einem Privaten ein Gutachten eingeholt, in dem klipp und klar stand, das Land sei nicht frei von Altlasten. Bevor darauf gebaut werden könne, müsse eine Bodensanierung erfolgen.«

Ich fragte den Reporter, ob er Näheres über die Art dieser Altlasten wisse. Leonhardt nickte und wartete, bis die Kellnerin ihm den Kaffee serviert hatte.

»Chemie«, sagte er, als wir wieder unter uns waren. »Das Bauland schloß zum großen Teil das Gelände einer ehemaligen Chemiefabrik ein.« Er schob verächtlich das Milchkännchen beiseite, ließ drei Zuckerstücke in den Kaffee plumpsen und rührte um.

»Wie konnte Dillmann mit einem solchen Gutachten das Land verkaufen?«

»Na, wie schon?« fragte Leonhardt zurück und nahm einen mächtigen Schluck von dem süßen, schwarzen Gebräu. »Er hat den Mann bestochen, damit der das Schreiben nicht veröffentlicht, und der hat sich darauf eingelassen, ein zweites, ein Vorzeigegutachten anzufertigen.«

»Und Dillmann hat verkauft?«

»Hat er. Doch bevor die Käufer zu bauen begannen, ließ der Gutachter die Sache auffliegen.«

»Ein Gutachter mit Gewissensbissen?« fragte ich skeptisch.

»Vielleicht nur mit gesundem Menschenverstand. Wahrscheinlich hat er sich ausgerechnet, was da auf ihn zukommen kann. Da braucht nur jemand Vergiftungen im Sandkasten, in dem die Kinder spielen, festzustellen, und schon kommt die Lawine ins Rollen. Jedenfalls ist ihm die Sache zu heiß geworden.« Er trank seine Tasse leer, atmete tief durch und sagte mit böser Zufriedenheit: »So war das.«

»Der Bogen zu Beer fehlt«. sagte ich.

»Diesen Bogen bilden die Käufer«, belehrte er mich. »Die wurden auch vor Gericht geladen und sagten aus, der Makler Daniel Beer habe ihnen den Tip für diesen relativ günstigen Landkauf gegeben.«

»Beer?« fragte ich gespannt. »Mußte der damals auch vor den Kadi?«

»Er mußte, und er hat diesen Tip nicht abgestritten. Von den Altlasten auf dem Land wollte er jedoch nichts gewußt haben. Er sagte, er habe einige Male mit Dillmann telefoniert und sich nur ein einziges Mal mit ihm getroffen. Dabei habe Dillmann ihm das frisierte Gutachten vorgelegt, und er habe guten Gewissens einigen Kunden den Tip gegeben, mit Dillmann aber keinerlei persönlichen Kontakt mehr gehabt.«

»Hat Dillmann das alles zugegeben?«

»Nicht sofort. Es kam soweit, daß Daniel Beer unter Eid genommen wurde. Er wiederholte seine Aussage, und danach gestand auch Dillmann, daß er ihm gegenüber mit gezinkten Karten gespielt hat.«

»Interessant«, sagte ich, »das ist wirklich interessant. Dillmann wurde verurteilt?«

Der Reporter nickte und ließ den Rest vom Kännchen in die Tasse tropfen. »Haftstrafe«, sagte er.

»Wie lange hat Dillmann noch abzusitzen?«

»Der ist kürzlich entlassen worden. Vorzeitig, wegen guter Führung auf Bewährung.«

Das hatte ich hören wollen.

»Ich hoffe« sagte mein Auftraggeber, »damit haben Sie einen Faden in der Hand, den es aufzuspulen lohnt.«

»Prüfen wir mal«, erwiderte ich, »ob wir beide die Sache aus demselben Blickwinkel sehen.«

Leonhardt nickte. »Ich möchte noch hinzufügen«, sagte er, »daß damals gemunkelt wurde, Beer habe mehr gewußt, als er vor Gericht zugegeben hat. Das Gerede kam auf, als durchsickerte, Dillmann streite ab, von den Käufern einen nicht quittierten Vorschuß erhalten zu haben, wie das so geht, wenn sich jemand absichern will, daß das Land an ihn und nicht an andere geht.«

»In Ordnung«, erwiderte ich, »wir denken in dieselbe Richtung. Können Sie mir ein paar Angaben über Dillmann machen? Alter? Familie?«

»Soweit es in den Prozeßakten steht«, sagte Leonhardt. »Dillmann ist Anfang 30. Verheiratet. Seine Frau, drei Jahre älter als er, hat vor seiner Verhaftung in der Buchhaltung gearbeitet. Mittellandkanalhafen«, fügte er hinzu. »Was sie jetzt macht, weiß ich nicht.«

»Adresse?«

»Bevenrode. Dillmanns haben schon immer in Bevenrode gewohnt, und ich meine, dort müßten Sie einiges über sie erfahren können.«

Bevenrode. Ich war nicht gerade ortskundig in Braunschweig, aber der Name Bevenrode sagte mir etwas. Der Dreizehner Bus fuhr dahin, alternierend mit dem, dessen Endstation der Flughafen war. Bevenrode lag nicht weit davon entfernt.

Leonhardt rief nach dem Kellner, und als er kam, bezahlte er seinen und meinen Kaffee.

»Als Nächstes«, sagte er, »werde ich versuchen, etwas über seine derzeitige Finanzlage zu erfahren. Ich melde mich wieder.«

Er stand auf. »Finden Sie heraus«, sagte er zu mir, »was es mit diesem verschwundenen Säugling auf sich hat. Ich will alles benennen und belegen können. Beer ist damals ungeschoren geblieben, und jetzt hat er mich als Reporter unmöglich gemacht, aber ich werde ihm das Fell über die Ohren ziehen.«

Als er zur Tür hinaus war, spann ich an dem Faden weiter, der meines Erachtens Beer und Dillmann verband. Aus dem Gefängnis entlassen, mußte Dillmann zu Beer gegangen sein, um den Dank für sein Schweigen vor Gericht einzufordern. Worin diese Forderung auch bestand, Beer mußte sie ihm verweigert haben. Um ihn erpressen zu können, entführte Dillmann Beers Sohn.

Es gibt Dinge, die man nicht beweisen kann, die man aber weiß, weil die Ereignisse keine andere Schlußfolgerung zulassen. War Dillmann der Entführer, paßte auch Beers Reaktion Außenstehenden gegenüber ins Bild.

Ich nahm nicht an, daß Dillmann das Kind bei sich zu Hause versteckt hielt. Seinen Verwandten- und Bekanntenkreis kannte ich nicht. Bekanntschaften der letzten beiden Jahre konnten sich aber nur im Knast ergeben haben.

Für Bevenrode hatte ich keinen Plan. Was ich tun oder besser lassen sollte, mußte sich vor Ort ergeben. Eines aus dem anderen. Falls ich erfuhr, daß Frau Dillmann seit einigen Tagen verreist war oder mehrmals am Tage das Haus verließ, morgens wegging und erst am späten Abend zurückkam, bestand die Möglichkeit, daß sie den kleinen Markus in ein Versteck gebracht hatten, und sie sich um den Jungen kümmerte. Vielleicht konnte ich ihr unbemerkt folgen.

◊

In Bevenrode folgt man niemandem unbemerkt. Das war das erste, was ich begriff. In diesem Ortsteil kennt jeder

Hund jede Katze, und kein Einwohner ist dem anderen fremd. Ich setzte mich ins Gasthaus, bestellte Mittagessen, lauschte, was am Nachbartisch gesprochen wurde und versuchte, mit der Bedienung ins Gespräch zu kommen. Das Ergebnis war eine Fußballdiskussion, Streit um Geldanlagen und Ansichten über das gestrige Fernsehprogramm. Die Bedienung, eine adrett gekleidete junge Frau, beschränkte sich darauf, zu lächeln, zu nicken oder die Schultern zu zucken, wenn ich etwas sagte.

Nach dem Essen spazierte ich durch die Straßen, vorbei an dem Haus, in dem sich Dillmanns Wohnung befand. Es war ein schmuckloser Bau, direkt an der Straße gelegen, ohne Vorgarten, ohne Balkon. Auf dem Rückweg ging ich zur Haustür und studierte die Klingelleiste. Dillmanns wohnten in der ersten Etage. Ich hatte Glück. Ein Junge stürmte durch die Tür, und ich konnte sie abfangen, bevor sie zuschlug.

In der ersten Etage verharrte ich vor der Tür mit dem Namensschild Dillmann, ohne Vornamen. Im Hausflur hinter der Wohnungstür blieb es still. Ich drückte den Klingelknopf und lauschte der kleinen Melodie nach, die ertönte. Als sie verklungen war, gab es noch immer etwas zu hören. Harte Schritte kamen auf die Tür zu. Dillmanns schienen nichts von Auslegeware zu halten, zumindest nicht im Korridor.

Die Tür wurde aufgerissen. Vor mir stand ein breitschultriger Kerl, nur wenig kleiner als ich. Er hatte eine gewölbte Stirn, was ihn trutzig aussehen ließ. Sein Haar war dunkelblond und voll, seine Lippen schmal. Er hatte ein gutgeformtes Gesicht, nicht zu lang, nicht zu rund, eine gerade Nase und einen unerbittlichen Blick aus grauen Augen. Er sah nicht übel aus, und wenn er einen modischen, langen, hellbraunen Mantel trug und einen Kinderwagen in den

Bus hob, war er wohl das, was manche unter einer angenehmen Erscheinung verstehen.

Er sagte: »Hallo, was gibt's?«

Ich wünschte ihm einen guten Tag, nannte meinen Namen und wies auf sein Türschild.

»Herr Dillmann«, sagte ich, mahnend, aber Vertrauen erweckend, »es ist nur ein guter Rat von mir, und Ratschläge kann man annehmen oder ablehnen, auch wenn sie gut sind. — Es geht um ihr Türschloß, daß heißt, eigentlich geht es um Ihre Sicherheit und die Ihrer Familie.«

Hinter ihm, in der Wohnung, blieb alles ruhig. Er schien allein zu Hause zu sein. Ich erzählte ihm etwas über den Nutzen von Sicherheitsschlössern, und er hörte zu. Er schien interessiert. Ich sprach von Versicherungen, die bei Einbruchsdiebstählen nicht zahlten, wenn die Tür nicht vorschriftsmäßig abgesichert war.

»Ihr Zylinderschloß«, sagte ich, »das baue ich Ihnen so schnell und lautlos aus, daß Sie es nicht einmal mitbekommen, wenn Sie in der Wohnung sind.«

»Davon würde ich Ihnen abraten«, meinte er trocken.

Ich lächelte. »Leider gibt es Typen, die sich von so etwas nicht abraten lassen.« Ich nannte ihm eine Firma, für die ich angeblich arbeitete und die ihm Vorschläge für eine akzeptable Türsicherung unterbreiten und die gewählten Sicherungen in Kürze einbauen würde.

Sein Blick hielt an mir fest. Ich hielt es angebracht, ihm etwas über die günstigen Preise zu erzählen, aber er winkte ab, mit einer Geste, die keinen Widerspruch zuließ.

»Schluß jetzt mit dem heiteren Teil«, sagte er , »verraten Sie mal, weshalb Sie wirklich hergekommen sind — Schnüffler.«

Das passierte mir auch nicht zum ersten Mal, aber wenn es passierte, spielte ich nicht länger den Harmlosen und verteidigte mich auch nicht.

»Vielleicht«, sagte ich, »soll ich Ihnen nur Grüße bestellen, Herr Dillmann. Von Daniel Beer.«

Einen Moment lang fürchtete ich, er würde sich auf mich stürzen. Es waren seine Augen, die mir Angst machten, schmal, einen Schein dunkler als eben noch und mit wildem Blick.

Er fing sich schnell und fragte sarkastisch: »Wie geht es ihm denn, dem Daniel Beer?«

»Wenn er seine Hunderttausend los ist, wird es ihm finanziell nicht gerade rosig gehen«, meinte ich, »aber er wird froh sein, daß seine Familie wieder vollständig ist.«

»Hören Sie«, sagte er, »ich will Sie gar nicht erst fragen, was das im Klartext heißen soll, falls es zu Ihrem Geschwafel einen Klartext gibt. Sie haben entweder irgendwas vermasselt und sind an die falsche Adresse geraten, oder Sie haben schlichtweg einen Tick unter 'm Pony.«

»Aber die Polizei möchten Sie deswegen wohl nicht rufen?« fragte ich.

Er lachte. Ich schien ihn wirklich zu amüsieren. »Die Polizei? Weshalb sollte ich den Jungs so 'ne Niete servieren? Die haben was anderes zu tun. Genau wie ich.«

Er schlug mir die Tür vor der Nase zu.

8

Britta schien mich vom Fenster aus entdeckt zu haben, denn sie kam aus der Tür gestürmt, ehe ich den Klingelknopf neben der Gartentür erreicht hatte.

»Herr Eiserbeck !« rief sie und riß das Gartentor auf, »schnell, komm rein, ich glaube, es ist was passiert !«

Sie nahm meine Hand und wollte mich ins Haus ziehen.

»Mal langsam, Butterblümchen«, sagte ich, denn sie trug ihr gelbes Kleid, »du weißt, deine Eltern wollen nicht, daß ich mich in euere Angelegenheiten einmische.«

»Aber ich will es! Und du hast mir versprochen, Markus zurückzubringen.«

»Das halte ich auch, aber ich mach's auf meine Weise. Erzähl mal, was passiert ist.«

»Ich weiß es nicht!« Sie schluchzte.

»Warum weinst du dann?«

»Weil Mama Angst hat.«

»Ist dein Papa zu Hause?« fragte ich ahnungsvoll.

»Der ist weggefahren. Dann hat das Telefon geklingelt, und jetzt ist Mama ganz seltsam.«

Wir gingen ins Haus. Frau Beer saß neben dem Telefon. Sie hielt noch immer den Hörer in der Hand, obwohl niemand mit ihr sprach. Das Freizeichen tönte gleichgültig und nervend. Ich nahm ihr den Hörer aus der Hand und legte ihn auf.

»Das kriegen wir schon hin, Frau Beer«, sagte ich. »Sie dürfen nur nicht schlappmachen.«

Sie hob den Kopf und sah durch mich hindurch in eine Ferne, in die ich ihr nicht folgen konnte. Sie fröstelte. Ich überlegte, ob ich in die Küche gehen und ihr einen starken Kaffee brühen sollte, und verwarf den Gedanken wieder. Die Zeit drängte. Um helfen zu können, mußte ich erfahren, was geschehen war. Ich bat Britta, eine Decke zu holen, und als sie sie gebracht hatte, wickelte ich sie, so gut es ging, um Frau Beer.

»Britta, habt ihr Kognak im Haus? Wenn du weißt, wo er steht, bring' ihn her und ein Glas dazu.«

Sie sah mich an und sagte in ihrer altklugen Art: »Herr Eiserbeck, so was ist hier gar nicht üblich.«

Ich seufzte und ging zu einem Schränkchen mit Glastür. Hinter Sektgläsern und Kognakschwenkern ragten Flaschenhälse.

»Manchmal bist du unmöglich, Britta.«

»Du aber auch!«, erwiderte sie ärgerlich, »Mama ist traurig, und du willst Kognak trinken.«

Neben Zitronen-, Kiwi- und Kirschlikör fand ich in der Ecke einen Bourbon. Ich schenkte einen Kognakschwenker halb voll, ging damit zu Frau Beer und warf Britta einen strafenden Blick zu.

»Das ist Medizin«, sagte ich zu ihr und im Befehlston zu ihrer Mutter: »Austrinken!«

Sie gehorchte.

Britta kam heran und schmiegte sich an sie.

»Bleib bei mir«, sagte ihre Mutter, »du darfst nicht weggehen, hörst du? Auch nicht vor die Tür.« Sie bekam wieder etwas Farbe im Gesicht und atmete kräftiger. »Ach, du hast wieder das gräßliche Gelbe angezogen!«

Es ging ihr also besser.

Ich fragte, wo ihr Mann sei. Ihr Blick wurde wieder ängstlich.

»Hinter der ganzen Sache steckt Jürgen Dillmann, nicht wahr?« fragte ich.

»Ihr Mann ist losgefahren, um ihm das Lösegeld zu bringen und Markus abzuholen. Aber Sie haben an der Sache einen Haken entdeckt. Was ist los?«

»Er will das Doppelte!« rief sie, und damit war der Bann gebrochen. Jetzt sprach sie hastig, ohne Punkt und Komma.

Kurze Zeit nachdem Beer losgefahren war, hatte das Telefon geläutet. Eine Stimme, die sie für Dillmanns Stimme hielt, forderte, Daniel Beer ans Telefon zu holen. Sie sagte, ihr Mann sei außer Haus. Der Anrufer meinte, er habe sich die Sache überlegt: Hunderttausend sei eine lächerliche Summe für all das, was er für ihren Mann und damit für die ganze Familie Beer getan habe. Zweihunderttausend seien angesagt. Und einen schönen Gruß an Daniel Beer.

Frau Beer war außer sich gewesen, hatte ihren Widersacher beschworen, zum Treffpunkt zu fahren, denn ihr Mann sei mit den geforderten Hunderttausend dahin unterwegs.

»Rufen Sie ihn an«, hatte der Mann am Telefon gefordert, und Frau Beer hatte zurückgefragt, ob er denn jetzt ein Telefon im Gartenhaus habe. Wenn ja, möchte er ihr die Nummer durchsagen, sie werde alles versuchen, um ihren Mann zu erreichen.

»Und dann?« fragte ich, da sie plötzlich wieder in Schweigen verfiel.

»Dann war die Leitung unterbrochen. Oder er hatte aufgelegt.«

Ich hielt die zweite Variante für wahrscheinlich.

»Haben Sie daraufhin bei Dillmann angerufen?«

Sie nickte. »Es ist niemand rangegangen.«

Die Sache war gefährlich geworden: für das entführte Kind, für Daniel Beer — und für Dillmann.

»Wohin ist ihr Mann gefahren? Wo ist Dillmanns Gartenhaus?«

Ihr Blick sagte mir, daß sie erst jetzt begriff, daß ich es war, der mit ihr sprach, der gute alter Eiserbeck, der sich trotz Verbot immer mal wieder um ihre Angelegenheiten kümmerte.

»Sie, woher wissen Sie das mit Dillmann...«

Ich unterbrach sie. »Dafür ist jetzt keine Zeit, Frau Beer. Wenn Sie Ihrem Kind — und Ihrem Mann — einen Gefallen tun wollen, erklären Sie mir, wie ich schnellstens zu Dillmanns Gartenhaus komme.«

Sie beschrieb mir den Weg.

»Ich fahre jetzt hin«, sagte ich, »aber die Angelegenheit ist inzwischen so kompliziert und gefährlich geworden, daß Sie die Polizei informieren müssen.«

Sie schüttelte den Kopf. »Mein Mann...«

»Ihr Mann wird es Ihnen danken.«

Ich ging zur Tür und hinaus, aber bevor ich das Gartentor erreichte, war Britta hinter mir.

»Ich will mitfahren, Herr Eiserbeck!«

Ich drehte mich um, faßte sie um die Hüfte und hob sie hoch. Unter der Haustür stellte ich sie wieder ab.

»Und ich will, daß du hierbleibst und mir vertraust, so, wie wir es unter uns ausgemacht haben.«

Sie schmollte.

»Heute gilt Arbeitsteilung«, sagte ich, »ich kümmere mich um deinen Papa, und du paßt auf deine Mama auf und sorgst dafür, daß sie wirklich die Polizei anruft.«

»Schaffst du's denn nicht alleine?« fragte sie enttäuscht.

»Ich fürchte, jetzt nicht mehr. Also, ich verlasse mich auf dich, Butterblümchen.«

Ich ließ sie stehen und rannte zum Fiat.

◇

Dillmanns Gartenhaus stand in Riddagshausen, in der Gartenanlage am Lünischteich. Nach Frau Beers Angaben fuhr ich an der Klosterkirche vorbei und bog in eine Allee ein. Die Bäume rechts und links der schmalen Straße ließen ihre Kronen ineinandergreifen und bildeten über mir ein schmales Dach.

Entlang der linken Straßenseite lag Gärtchen an Gärtchen, jedes gepflegt und geschniegelt. Ich fuhr weiter, rechterhand begleitet von einem Graben mit träge fließendem Wasser. Als ein hölzernes Schild einen grasbewachsenen Weg *Zum Lünischteich* auswies, fuhr ich rechts ran, hielt hinter einem alten VW, der am Straßenrand parkte, und stieg aus. Zwanzig Meter weiter stand ich vor Dillmanns Grundstück.

Es war ein Gärtchen wie die anderen auch, nur ungepflegter. Auf der ungemähten Wiese blühten Wildblumen. Mir gefiel das. Inmitten der Wiese stand eine stabile Holzhütte. Ein Mann allein konnte dort gut und gern vom Frühjahr bis zum Herbst wohnen. Die Stille, die mich umgab, hätte manchem Urlaubsort zur Ehre gereicht. Ich sah mich um. Durch die Wipfel alter Bäume waren Teile der Klosterkirche zu sehen: das Dach des Chorraumes und des Querschiffes und der Dachreiter. Jenseits der Straße glitzerte das Wasser des Lünischteiches durch die Büsche. Enten schnatterten, eine milde Herbstsonne schien.

Dillmanns Gartentür war nur angelehnt. Ich drückte sie auf, trat ein, ging den kurzen Weg bis zum Holzhaus, und niemand hinderte mich daran. Die Tür des Hauses war solide Holzarbeit. Sie war verschlossen. Drinnen blieb es still wie im Dornröschenschloß, und ich dachte, falls jemand zu Hause sei, müsse er jetzt noch nicht wissen, daß Eiserbeck vor der Pforte stand.

Ich ging um das Haus herum und entdeckte eine halbgefüllte Regentonne und einen Sack Torfmull. Das Gras hatte sich über den Sack hergemacht und drohte, ihn zu beerdigen. In Übermannshöhe war ein Fenster angebracht.

Ich stellte mich auf den Torfmullsack, wippte auf die Zehen und konnte noch immer nicht durch das Fenster gucken. Mit einer Hand stützte ich mich an der Regentonne ab, hielt mich mit der anderen am Fenstersims fest und hievte mich ein paar Zentimeter hoch. Die Sonne blendete mich, und ich hatte keine Hand frei, um die Augen zu schützen. Was im Zimmer zu sehen war, konnte ich nur in Umrissen erkennen.

Da drinnen saßen sich zwei Männer gegenüber, und falls sie überhaupt miteinander sprachen, führten sie ein leises und ruhiges Gespräch. Der eine saß aufrecht auf einem Stuhl mit hoher Lehne, der andere, der ihm gegenüber saß, war vornübergesunken. Alles an ihm wirkte schlaff: die Arme, die im Schoß ruhten, der gesenkte Kopf. Er sah aus wie ein schlafender Kutscher auf seinem Bock.

Ich klopfte gegen die Scheibe.

Der Kutscher schreckte auf und starrte zum Fenster. Ich erkannte Daniel Beer. Der andere interessierte sich nicht für mich. Beer erhob sich, mühsam, beinahe in Zeitlupe, als müsse er gegen eine unsichtbare Kraft ankämpfen, und ging zur Tür. Mir waren die Arme steif geworden. Ich ließ mich auf den Torfsack fallen, klaubte mich zusammen und lief zum Haus.

Der müde, alte Mann, der in der offenen Tür stand, hatte nur wenig Ähnlichkeit mit dem selbstbewußten, leicht arroganten Daniel Beer, den ich bis dahin gekannt hatte. Aus seinen schiefergrauen Augen war der Was-kostet-die-Welt-Blick gewichen. Er sah mich an wie jemand, der die Welt nicht mehr begreift und nahe dran ist, an ihr zu verzweifeln. Sein kantiges Gesicht war grau und schlaff. Er stand gebeugt und schien mir kleiner geworden.

»Dillmann?« fragte ich

Er nickte, trat zur Seite, und ich ging in die Hütte hinein.

Beer zog die Tür hinter mir ins Schloß, drehte aber den Schlüssel nicht wieder um. Er kam hinter mir her.

Der Mann auf dem Stuhl starrte mich an oder Daniel Beer oder den Teufel, bei dem er womöglich eben gelandet war. Er starrte mit toten Augen. Jemand mußte ihn hinterrücks mit einem Tuch erdrosselt haben und hatte ihn dann, mit dem Tuch um den Hals, an der hohen Stuhllehne festgebunden. Die Zunge quoll ihm aus dem Mund und er hatte die typisch rote Gesichtsfarbe der Erdrosselten. Er war von kleiner Statur und schwarzhaarig.

»Wer ist denn das?«

Daniel Beer meinte müde: »Sie haben es doch selbst gesagt. — Dillmann.«

Der tote Mann auf dem Stuhl war nicht der, den ich in Bevenrode aus Dillmanns Wohnung geklingelt und für den Hausherrn gehalten hatte, und dem ich eine Türsicherung hatte andrehen wollen.

»Was ist passiert?« fragte ich, »warum schließen Sie sich mit einem Ermordeten in seinem Gartenhaus ein?«

»Ich hab nicht abgeschlossen«, beteuerte Beer. »Als ich gekommen bin, war die Tür offen, und ich habe sie offen gelassen.«

»Und der da — Dillmann?«

»Der war schon hier, als ich reingekommen bin, und er hat genau so dagesessen, wie er jetzt dasitzt.«

»Genauso tot?«

Beer nickte.

»Wo haben Sie das Geld? Die Hunderttausend?«

»Weg«, sagte er, »er muß es gestohlen haben.«

Ich drückte ihn wieder auf den Stuhl, auf dem er zuvor gesessen hatte.

»Jetzt nehmen Sie sich doch mal zusammen, Herr Beer«, sagte ich, »wir sind hier nicht in einem schlechten Kriminalfilm, sondern im guten, alten Riddagshausen, auf irgend jemandes Grundstück, und vor uns sitzt ein Erdrosselter, von dem Sie behaupten, daß es Dillmann sei, der aber nicht derjenige Dillmann ist, mit dem ich gestern in seiner Wohnung in Beverode gesprochen habe. Mag er sein, wer er will, auf keinen Fall kann er Ihr Geld gestohlen haben, wenn er tot war, als Sie hereingekommen sind.«

»Das hier ist Dillmann«, beharrte Daniel Beer, und warf mir einen vorwurfsvollen Blick zu. »Wenn einer von uns beiden Dillmann kennt, dann bin ich das!«

Das mußte ich ihm lassen.

»Daß Dillmann die Hunderttausend nicht hat, ist auch klar«, sagte Beer mit schleppender Stimme. »Als ich mich über ihn beugte, hat mir jemand eins über den Kopf gezogen. Die Beule können Sie noch spüren.« Er strich sich mit der Handfläche über den Hinterkopf, zog sie sofort zurück und sah sie an. »Sie ist aufgeplatzt«, sagte er, erschrocken über das Blut, das an seinen Fingern klebte.

»Haben Sie eine Ahnung, wer Sie niedergeschlagen hat?«

Er sagte nichts, er tat, als habe er mich nicht gehört.

»Einen blassen Schimmer wenigstens, Herr Beer«, drängte ich.

Er hatte auch keinen blassen Schimmer.

Ich ging zur Tür, stieß sie auf und lauschte. Von weit her war das Heulen einer Polizeisirene zu hören. Ich hoffte, sie würde näherkommen. Ich hoffte, Frau Beer habe begriffen, was sie tun mußte, oder Britta habe sie solange genervt, zu tun, was Herr Eiserbeck ihr geraten hatte, bis sie es wirklich getan hatte.

Ich ließ die Tür offen und ging ins Zimmer zurück. Beer saß unverändert in leicht gebeugter Haltung vor dem Mann, den er hoffentlich nicht umgebracht hatte.

»Der große Unbekannte also«, sagte ich. »Na, dann viel Glück damit. Sie haben behauptet, Ihr Sohn sei nicht entführt worden und Sie wüßten, wo er sich befindet, und das ist schiefgegangen. Jetzt sitzen Sie vor einem Ermordeten und behaupten, man habe Sie niedergeschlagen und Ihnen das Geld gestohlen, für das Sie Markus zurückkaufen wollten, und das wird auch wieder schiefgehen.«

Das Sirenengeheul entfernte sich. Daniel Beer hob den Kopf.

»Die Polizei wird Sie fragen, aus welchem Märchenbuch Sie Ihre Geschichte haben«, sagte ich.

»Sie haben die Polizei benachrichtigt? Woher wußten Sie überhaupt, wo Sie mich finden konnten?«

»Von Ihrer Frau. Kurz nachdem Sie losgefahren sind, hat Dillmann angerufen, daß ihm hunderttausend Mark nicht genug sind für all das, was er für Sie getan hat. Er wollte, daß Sie mit zweihunderttausend zum Treff kommen.«

»Dillmann?« fragte er skeptisch.

Ich zuckte die Schultern. »Ich weiß nicht, wer hier alles unter dem Namen Dillmann mitmischt und wer aus welchem

Grund den echten Dillmann umgebracht hat, wenn der hier, wie Sie behaupten, der echte ist. Ihre Frau hat dem Anrufer gesagt, daß Sie mit hunderttausend zu Dillmanns Gartenhaus unterwegs sind, und daß sie Sie nicht mehr erreichen kann, um Ihnen die neue Forderung zu übermitteln.«

»Scheiß auf das Geld!« schrie Beer verzweifelt. »Hunderttausend oder eine Million, ich bin sowieso ruiniert. Aber wo ist Markus? Wo ist mein Sohn?«

»Wieso waren Sie sicher, daß Dillmann ihn gehabt hat?«

Er warf mir einen verzweifelten Blick zu und begann zu sprechen, gehetzt, leise manchmal, dann wieder laut klagend und in abgehackten Sätzen.

Im großen und ganzen bestätigte er, was der Reporter herausgefunden und was wir uns auf Grund dieser Fakten zusammengereimt hatten. Er wußte, daß Dillmann verseuchtes Land an Bauwillige verkaufen wollte und hatte ihm Kunden zugeschanzt.

Durch den Gutachter war die Sache aufgeflogen. Beer und Dillmann kamen überein, daß Beer aus dem Spiel bleiben sollte.

Beers Glaubwürdigkeit war angeschlagen, doch nachzuweisen war ihm nichts. Schließlich sagte er unter Eid aus, und man ließ ihn in Ruhe. Er versprach Dillmann, hunderttausend Mark für ihn beiseite zu legen.

»Mußten Sie den Käufern das Geld nicht zurückzahlen?« fragte ich ihn.

»Nur das nachweislich gezahlte«, erwiderte er. »Die Leute konnten ihr Geld nicht schnell und leichtsinnig genug Dillmann in die offene Hand drücken, um ein Stückchen preiswertes Bauland abzukriegen. Die Welt wird eng.«

»Weiter«, sagte ich kurz.

»Ich habe Dillmanns Geld arbeiten lassen, aber in letzter Zeit gingen die Geschäfte schlecht …«

»Wie haben Sie es arbeiten lassen?« fiel ich ihm ins Wort, »und welche Geschäfte waren das, die so schlecht gegangen sind, daß Sie jemanden, der Sie vor dem Gefängnis bewahrt hat, nicht auszahlen konnten?«

»Kurz nach der Wende«, sagte er, »habe ich, wie andere auch, im Raum Magdeburg Land gekauft, in der festen Überzeugung, daß dort Industrie angesiedelt wird. Der Aufbau eines Gewerbeparkes war im Gespräch – er ist auch gebaut worden, aber an anderer Stelle. Mein Land war nichts mehr wert.«

Ich fragte ihn, ob er für dieses Vorhaben einen größeren Bankkredit aufgenommen habe.

»Selbstverständlich«, sagte er, »und zwar bei der LBS. Aber nun mußte ich offenlegen, daß es eine Fehlspekulation war. Auf Grund der allgemeinen Wirtschaftskrise in diesem Land gehen zur Zeit die Geschäfte nicht gut, und ich kann die monatlich festgelegte Summe nicht abzahlen. Die Bank stundet mir die Zahlungen für einige Monate.«

In diese Situation war Dillmann hineingeplatzt und hatte Hunderttausend gefordert. Ich fragte Beer, ob es zwischen ihnen zum Streit gekommen sei.

»Dillmann wurde ziemlich ausfällig«, bekannte Beer. »Er drohte mir, sich seine Hunderttausend von mir zu holen, und zwar sehr schnell. Er sagte, er werde sich etwas einfallen lassen. Vor Tagen rief meine Frau im Büro an. Ein Mann hatte ihr am Telefon gesagt, er habe Markus entführt, alles andere erfahre sie später. Da habe ich gedacht, das ist es also, was Dillmann sich hat einfallen lassen.«

»Und Sie haben stillgehalten.«

»Was hätte ich denn sonst tun sollen? Ich war genauso schuldig wie Dillmann und habe obendrein einen Meineid geleistet«, sagte er. »Was soll aus meiner Familie werden, wenn ich ins Gefängnis muß?«

»Was ist aus Markus geworden?« fragte ich. »Sie haben das Leben Ihres Sohnes aufs Spiel gesetzt, um Ihre Haut zu retten.«

»Nein!« schrie er. Er hielt sich den Kopf, als wolle er ihn am Zerspringen hindern. »Dillmann ist keiner, der einem Kind was antut. Nicht, wenn er sein Geld kriegt. Deshalb wollte ich die Sache ohne Polizei und ohne Sie durchziehen.«

»Wie haben Sie sich mit ihm in Verbindung gesetzt?«

»Angerufen. Zu Hause. Ich habe ihm geschworen, daß er sein Geld kriegt, wenn er Markus zurückbringt, aber er ist nicht darauf eingegangen. Er hat mir verboten, noch einmal bei ihm anzurufen, und hat gesagt, er werde sich melden.«

»Das hat er getan?«

»Sie waren ja dabei, als Britta die Hunderttausendmark-Forderung aus dem Briefkasten geholt hat«, sagte er ergeben. »Ich habe das Geld locker gemacht...«

»Wie? Woher konnten Sie so plötzlich hunderttausend Mark nehmen?«

»Nicht plötzlich«, sagte er. »Es war die Hölle. Meine Frau hat von der ganzen Betrugsgeschichte mit Dillmann keine Ahnung gehabt. Als Markus verschwand, mußte ich ihr alles beichten. Ihr ganzer Stolz ist ihre Boutique, aber jetzt kann sie nicht mehr allein darüber verfügen, und ich weiß, wie weh ihr das tut. Sie hat eine Teilhaberin, eine, die sich mit hunderttausend Mark eingekauft hat. Das ist das Lösegeld. – Dillmann hat heute am Telefon verlangt, ich solle es in sein Gartenhaus bringen.«

Er war sehr leise geworden, sprach schleppend, wie jemand, dem das Sprechen schwerfällt, und ich fürchtete, er werde mir vom Stuhl rutschen. Ich rüttelte ihn leicht an den Schultern und hielt ihn fest.

»Herr Beer, haben Sie Dillmann gegenüber nie ein Lebenszeichen von Ihrem Sohn verlangt?«

Er nickte müde. »Doch, doch. Ein Lebenszeichen von deinem Sohn willst du? hat er zurückgefragt und gelacht. Du läßt mich doch auch nicht an meinem Geld schnuppern, bevor du es mir zurückgibst. Das war alles.«

Draußen tat sich was. Von einer Polizeisirene war nichts mehr zu hören gewesen, wahrscheinlich waren sie ohne herangekommen, um nicht auf sich aufmerksam zu machen. Die Tür wurde aufgerissen, Tageslicht flutete herein, und es wurde wieder dunkler. Der Uniformierte, der unter der Tür stand, füllte den Rahmen fast aus. Wir hatten es mit einem von der höflichen Sorte zu tun.

»Guten Tag«, sagte er, »wir sollen hier mal nach dem Rechten sehen.«

Da er vom Sonnenlicht in einen düsteren Raum trat, hatte er vorerst wohl nur drei Gestalten wahrgenommen, aber nicht, in welchem Zustand sich der Mann auf dem hochlehnigen Stuhl befand. Er kam tiefer ins Zimmer, und nach ihm drängten noch zwei Polizisten durch die Tür. Die grüßten uns nicht.

»Ich möchte was hören«, sagte der Bullige, »über eine Erpressung, über ein Kind und über viel Geld, und das von allen Dreien. Sie fangen an.« Er legte die Hand auf meine Schulter.

Inzwischen waren die beiden anderen hereingekommen und hatten sich umgesehen.

Der vor Dillmann stand, sagte: »Den hier können wir auslassen. Der sagt keinem mehr was.«

9

Sie ließen mich laufen, nachdem ich ihnen in Kurzfassung meine Story erzählt und beteuert hatte, daß ich es gewesen war, der Frau Beer dazu gedrängt hatte, endlich die Polizei einzuschalten.

Ich sei sozusagen nur vorgefahren, erklärte ich, um Daniel Beer wegen des zweiten Anrufes zu informieren und ihn ein letztes Mal davor zu warnen, die Angelegenheit auf eigene Faust und allein erledigen zu wollen. Nötigenfalls, beteuerte ich den Polizisten gegenüber, hätte ich auch verhindern können, daß einer flieht, Beer oder Dillmann, oder wen immer ich hier angetroffen hätte.

Ich wußte nicht, was sie darüber dachten, doch es gab keinen Grund, mich festzuhalten. Sie ermahnten mich, künftig die Finger aus einer Angelegenheit zu lassen, die ein Fall für die Mordkommission geworden war. Ich konnte gehen, aber Daniel Beer wurde vorläufig festgenommen. Die blutende Beule an seinem Hinterkopf war für die Polizisten kein Unschuldsbeweis.

Ich fuhr zurück nach Riddagshausen, wieder an der Klosterkirche vorbei, und hielt an der ersten Telefonzelle, die am Weg lag. Karsten Leonhardt war zu seinem Glück zu Hause.

»Ich hab' die Story, die Sie brauchen.«

Eine halbe Stunde später saßen wir bei *Mutter Habenicht*. Es war früher Abend, der kleine Raum wurde voll und laut. An dem langgezogenen Tresen, der im hinteren, noch kleineren Raum dicht neben dem Stammtisch endete, war jeder Platz besetzt.

Leonhardt notierte wie ein Besessener. Als ich meinen Sack voller Neuigkeiten geleert hatte, klappte er sein Notizbuch noch immer nicht zu.

»Was meinen Sie?« fragte er lauernd. »Hat Daniel Beer das Geld überhaupt bei sich gehabt?«

»Ist das für Sie jetzt noch wichtig?«

»Mit Teil eins dieser Story«, er schlug mit der flachen Hand auf die Notizen, »bin ich zwar rehabilitiert, aber ich will die ganze Story. Exklusiv. Deshalb werden Sie für mich weiter ermitteln, bis man Beers Sohn gefunden hat und alle Zusammenhänge offenliegen. Ich will nicht schlechthin beim *Blatt* in Gnaden wieder aufgenommen werden, ich will dort der erste sein. Vielleicht wird durch diesen Exklusivbericht auch mal eine bedeutendere Zeitung auf mich aufmerksam.«

»In Ordnung«, sagte ich, »aber dann sollten wir jetzt nicht darüber spekulieren, ob Beer dieses oder jenes getan hat. Beeilen Sie sich lieber, Ihren Artikel zu schreiben. Was die Polizei weiß, werden in Kürze auch die Reporter wissen.«

Er steckte seine Schreibutensilien weg, riß seine Jacke vom Garderobenhaken und stürmte hinaus. Das Bezahlen durfte ich besorgen.

Am liebsten wäre ich sofort nach Bevenrode zu Dillmann gefahren. Ich wollte wissen, wer der Mann war, der die Wohnungstür mit dem Namensschild *Dillmann* geöffnet und mir nicht widersprochen hatte, als ich ihn mit 'Herr Dillmann' anredete. Er war auf Daniel Beers Grüße eingegangen und hatte sich nach dessen Befinden erkundigt.

Ich schob den Besuch in Bevenrode auf und fuhr zu den Beers.

Vielleicht wußte Frau Beer etwas über Familie Dillmann, was mir bei meinem zweiten Besuch in Bevenrode von Nutzen sein konnte.

In der Herzogin-Elisabeth-Straße sah ich schon von weitem einen Polizeiwagen vor Beers Haus. Ich schätzte, das würde in nächster Zeit des öfteren geschehen. Langsam fuhr ich daran vorbei, parkte hundert Meter weiter und beobachtete, was passierte.

Nach kurzer Zeit kamen zwei Uniformierte aus dem Haus und setzten sich in den Streifenwagen; die Hiobsboten, die Frau Beer von der Verhaftung ihres Mannes informiert hatten. Sie fuhren los, und nun war ich dran. Ich ging zu Beers Haus und klingelte.

Die Frau öffnete mir sofort. Neben ihr drängte Britta durch die Tür. Als sie mich erkannte, zog sie die Mundwinkel nach unten und verschwand wieder. Offensichtlich war ich doch nicht das, was sie sich unter einem Detektiv vorstellte.

Frau Beer, die noch vor Stunden hilflos und ein wenig verwirrt gewirkt hatte, erschien jetzt sehr gefaßt. Wahrscheinlich gehörte sie zu den Menschen, die nichts so sehr belastet wie Ungewißheit. Mit Tatsachen und eindeutigen Situationen, mögen sie noch so bedenklich sein, werden sie fertig.

Sie bot mir Platz an, stellte Gläser und ein Erfrischungsgetränk auf den Tisch und setzte sich mir gegenüber. Britta blieb verschwunden.

»Wie Sie wissen, hat man meinen Mann vorläufig festgenommen«, sagte sie. »Er wird verdächtigt, Jürgen Dillmann umgebracht zu haben. Das ist alles, was *ich* weiß. Bitte, erzählen Sie mir, was passiert ist.«

Ich erzählte und ließ nichts aus. Auch nicht meinen Besuch bei dem falschen Dillmann.

»Ich habe erfahren«, sagte sie, »daß Dillmanns sich scheiden lassen. Vielleicht haben Sie mit ihrem neuen Lebenspartner gesprochen. — Herr Eiserbeck, wer hat meinen Sohn?«

»Seit heute fahndet die Polizei nach ihm.«

Sie sank in sich zusammen, zog die Lippen zwischen die Zähne und schwieg.

»Frau Beer«, sagte ich nach einer Weile, »es ist die Polizei, die die besten Möglichkeiten hat, Ihren Sohn zu finden. Ein Ober- oder Hauptkommissar wird bei diesem Einsatz den Hut aufhaben, und hinter ihm steht ein gewaltiger Apparat von Technik für Such- und Überwachungsaktionen und ein ausgebildeter Trupp von erfahrenen Kriminalisten.«

»Aber ...« Sie zögerte, weiterzusprechen, und ich ließ ihr Zeit. »Ich meine, woher können diese Leute wissen, wo sie suchen sollen?«

»Wissen Sie es denn?«

Sie schüttelte den Kopf.

»Wenn Sie auch nur die geringste Ahnung haben, Frau Beer, dann sprechen Sie mit den Kriminalisten darüber.«

»Ich weiß nichts. Dillmann ist tot, und die Polizei sagt, im Gartenhaus habe es keine Spur gegeben, daß man dort einen Säugling untergebracht hätte. Auch die Gartennachbarn haben nichts bemerkt.«

»Ob Dillmann Ihren Markus selbst entführt hat oder nicht«, erwiderte ich, »er muß irgendwie seine Hände im Spiel gehabt haben.«

»Vielleicht ist der Zusammenhang umfassender«, sagte sie nachdenklich, »und reicht bis zu der Zeit zurück, als mein Mann seine Abmachung mit Dillmann getroffen und ihm Kunden für diesen unseligen Landkauf zugespielt hat.«

»Das alles weiß jetzt auch die Polizei, Frau Beer, aber Sie, haben Sie die ganze Zeit über gewußt, was zwischen Ihrem Mann und Jürgen Dillmann gelaufen ist?«

Sie schüttelte den Kopf in kleinen Bewegungen, die in ein Zittern übergingen. »Ich habe seit dem Prozeß, in dem er unter Eid ausgesagt hat, an seine Unschuld geglaubt«, sagte sie leise.

»Wann haben Sie es erfahren?«

»Als ich es erfahren *mußte.* Jemand sagte am Telefon, er habe unseren Markus entführt, und ich wollte die Polizei alarmieren, aber mein Mann hat mich angefleht, nichts zu unternehmen. Er kam sofort nach Hause, sagte, das Kind sei bei Dillmann und es passiere ihm nichts, wenn wir hunderttausend Mark auftreiben würden. Dann hat er mir alles gebeichtet.«

Soweit stimmte ihre Aussage mit der ihres Mannes überein, und ich wollte prüfen, ob auch der Rest der Geschichte stimmte, die Daniel Beer mir im Gartenhaus erzählt hatte.

»Er konnte die hunderttausend Mark nicht zahlen«, fragte ich, »die Dillmann von ihm forderte?«

Frau Beer schüttelte den Kopf.

»Aber heute«, sagte ich mit einer bösen Ahnung, »da hatte er die Summe oder – ist Ihr Mann ohne Lösegeld los und hat Dillmann geblufft?«

In diesem Fall konnte ich mir ausmalen, wie sie im Gartenhaus aneinandergeraten waren, womöglich bis zu Dillmanns Tod.

»Ich habe das Geld besorgt«, sagte sie fest, doch mit aschgrauem Gesicht. »Ich besitze in der Burgpassage eine

Boutique. Sie ist für mich — für mein Leben — die Erfüllung. — Wenn Sie verstehen ...«

Sie hatte stockend gesprochen und schwieg jetzt.

»Ich weiß, was Sie meinen«, sagte ich leise.

Sie nahm sich zusammen. »Nun, ich habe jetzt eine Teilhaberin, und damit werde ich leben können. Aber mir krampft sich das Herz zusammen, wenn ich an Markus denke. Wer hat das Kind? Wo ist es? Wie geht es ihm?«

Sie schluckte, schneuzte sich, steckte das Taschentuch weg und sah mich an.

»Sie denken, daß wir Markus nicht gemocht haben, nicht wahr?«

»Ich bitte Sie, weshalb sollte ...«

Sie winkte ab. »Viele haben so gedacht, und Sie wissen das, Sie haben sich umgehört. Zugegeben, der Kleine war kein Wunschkind, und in unserer derzeitigen finanziellen Situation wurde durch ein Baby alles noch schwieriger. Vielleicht um uns zu rechtfertigen, daß wir schuldlos an unserer Misere waren, vielleicht, um nicht eines Tages aneinander zu geraten, haben wir unseren Frust an Markus ausgelassen. Mit Redensarten. Wenn Markus nicht wäre, wenn man sich nicht dauernd um ein Baby zu kümmern hätte ... und so weiter. Der Mensch drückt sich auf mancherlei Art davor, in sein Inneres zu gucken. Vielleicht will man das intakte Bild, das man von sich selbst hat, nicht zerstören. Es fällt schwer, zu bekennen: Ich habe vieles falsch gemacht, und wenn es mir jetzt schlecht geht, sind nicht andere dafür verantwortlich, der Fehler liegt bei mir.«

»Hat Ihr Mann in letzter Zeit auch so gedacht?«

Sie zuckte mit den Schultern. »Ich hoffe es. Aber seit Dillmann unseren Sohn hat, war ich es, die schwere Entscheidungen treffen mußte, denn mein Mann hat finanziell keinen Spielraum mehr. Um das Lösegeld zahlen zu können, mußte ich die Boutique opfern, beziehungsweise darauf verzichten, dort mein eigener Herr zu sein, oder ich mußte mich der Polizei anvertrauen und es auf mich nehmen, daß Daniel wegen seines früheren Vergehens und wegen Meineids vor Gericht und vielleicht ins Gefängnis kommt. Ich weiß nicht, ob ich mich richtig entschieden habe, aber ich weiß, daß ich um alles in der Welt meinen Sohn wiederhaben will. Erst jetzt, wo er verschwunden ist, ist mir richtig klar geworden, wie sehr ich ihn liebe und wie er mir fehlt.«

»Ist Ihnen auch klar, weshalb Britta zögerte, um Hilfe zu rufen, als sie gesehen hat, daß jemand ihren Bruder wegfährt?«

Sie senkte den Kopf und sagte: »Ja.«

Ich wußte, daß wir darüber nicht mehr sprechen mußten.

»Frau Beer«, sagte ich, »Sie meinen, daß es möglicherweise einen Zusammenhang gibt zwischen der Entführung von Markus und dem, was Dillmanns Verhaftung vorausgegangen ist. Darüber sollten Sie nachdenken. Dillmann als Entführer, das scheint nahezuliegen, und doch paßt vieles nicht zusammen.«

Diese Gedanken schienen sie zu überraschen. »Zum Beispiel?« fragte sie.

»Warum hat Dillmann seine Forderung, über die er nicht nachdenken mußte, nicht telefonisch gestellt, sondern diesen fragwürdigen, konspirativen, umständlichen Weg gewählt, sich aufs Motorrad zu setzen und einen Jungen zu suchen, der für ihn einen Brief mit ausgeschnittenen Buchstaben in Ihren Kasten wirft? Ist Dillmann überhaupt dieser Motorradfahrer gewesen? Meines Wissens besitzt er nur seinen alten VW aus der Zeit vor seiner Haft. Und noch etwas: Warum hat er ausgerechnet zu jener Stunde bei Ihnen angerufen und seine Forderung verdoppelt, als Ihr

Mann mit dem Lösegeld zu ihm unterwegs war? Das wußte er doch, wenn er sich mit ihm im Gartenhaus verabredet hatte.«

»Aber wer …? Nein, weder mein Mann noch ich wären darauf gekommen, daß jemand anderes als Dillmann sich unseren Markus genommen hat! Nichts anderes ergibt einen Sinn! Mein Mann schuldete Dillmann hunderttausend Mark, und genau diese Summe forderte der Entführer.«

»Ich kann mir auch noch nicht zusammenreimen, was geschehen ist, fürchte aber, Dillmann hat diese Entführung nicht allein bewerkstelligt. Er kann einen Mittäter oder mindestens einen Mitwisser gehabt haben.

Vielleicht wollten sie das Lösegeld teilen, vielleicht gab es später Unstimmigkeiten, und Dillmanns Kumpane hatten von sich aus die Summe verdoppelt.«

In Dillmanns Gartenhaus konnten sie sich darüber in die Haare gekriegt haben. Dillmann war getötet worden. Sein Mörder hatte sich versteckt, bis Daniel Beer gekommen war, hatte ihn hinterrücks niedergeschlagen und das Geld an sich genommen. Diese Gedanken behielt ich vorläufig für mich.

»Frau Beer?« fragte ich, »ist ihr Mann jähzornig? Verliert er leicht die Beherrschung, wenn ihm etwas gegen den Strich geht?«

»Sie haben ihn selbst kennengelernt«, erwiderte sie.

»Bei unserem Zusammenstoß war die Situation nicht so zugespitzt, wie das zwischen ihm und Dillmann im Gartenhaus gewesen sein könnte.«

»Sie wollen wissen, ob ich ihm zutraue, daß er Dillmann getötet hat?«

»Trauen Sie es ihm zu?«

Eine Weile saß sie schweigend und in Gedanken versunken.

»Ich weiß nicht mehr, was ich denken soll«, sagte sie nach einer Weile. »Ich hätte ihm nie zugetraut, daß er dabei hilft, verseuchtes Land zu verhökern, und auch nicht, daß er einen Meineid schwört, und doch hat er all das getan.«

»Mit einem Mord ist es trotzdem nicht zu vergleichen«, erwiderte ich.

»Das ist richtig, aber ich will nicht darüber nachdenken, nicht jetzt, verstehen Sie? In den letzten Tagen ist so vieles über mich hereingebrochen, was ich nie für möglich gehalten hätte. Das alles muß ich erstmal verarbeiten, und wenn ich darüber meinen Verstand nicht verlieren will, muß ich Prioritäten setzen. Eines nach dem anderen, und am wichtigsten ist jetzt Markus für mich. – Herr Eiserbeck, ich bitte Sie, helfen Sie mir, meinen Sohn zu finden. Das Geld für Ihre Dienste werde ich auftreiben. Meine Freundin besitzt eine Galerie, die ganz gut geht …«

Ich winkte ab. »Ich suche Ihren Sohn, Frau Beer, aber nicht auf Ihre Kosten. Ich habe bereits einen Auftraggeber.«

Sie sah mich erstaunt an, fragte aber nicht weiter.

»Über Ihre Sorgen um Markus«, sagte ich, »sollten Sie Britta nicht vergessen. Sie leidet, seit Sie und Ihr Mann sie eine Lügnerin genannt haben und die Presse die Sache breitgetreten hat. Sie bangt auch um Markus. Sie liebt den Kleinen. Jetzt sitzt auch noch ihr Vater im Gefängnis. Wie soll sie mit all dem klar kommen. Sie braucht ihre Mutter, Frau Beer.«

Sie ließ den Kopf hängen und weinte. »Ich habe so vieles falsch gemacht«, sagte sie, schneuzte sich und sah auf: »Vor allem mit Britta. Ich hoffe, daß es nicht zu spät ist für sie.«

Ich erhob mich und verabschiedete mich von ihr. »Übrigens«, sagte ich, »mit Britta muß ich auch was falsch gemacht haben. Sie ist enttäuscht von mir, weil ich ihr Markus immer noch nicht zurückgebracht habe.«

»Ich rede mit ihr«, sagte Frau Beer, als wir unter der Haustür standen. »Sie soll wissen, daß nicht Sie, sondern wir die Sache verpatzt haben. Wir hätten Ihnen vertrauen sollen, statt Ihnen die Tür zu weisen.«

10

Ich rief Karsten Leonhardt an. Er war nicht zu Hause. Ich versuchte es in der Lokalredaktion vom *Blatt* und hatte Glück.

»Geschafft!« rief er, als er meine Stimme erkannte. Er hörte sich fröhlich an. Er war als erster an der Story dran gewesen. »Anfangs war der Alte mißtrauisch«, erzählte er. »Er hat mit der Polizei telefoniert. Die haben bestätigt, daß meine Geschichte stimmt, und jetzt frißt man mir aus der Hand.«

Obwohl er mein Auftraggeber war, riet ich ihm, nicht überzuschnappen.

»Verderben Sie mir die Freude nicht«, gab er zurück. »Um was geht's?«

»Um Arbeit. Falls Sie nach wie vor die ganze Geschichte wollen.«

»Bis zum bitteren Ende will ich die.«

»Ich kann die Sache drehen und wenden, wie ich will«, sagte ich, »es sieht danach aus, als habe Dillmann die Entführung nicht allein bewerkstelligt.«

»Und?« fragte er, »der Detektiv sind immer noch Sie. Verlangen Sie etwa von mir diesen zweiten Mann?«

»Keineswegs. Nur einen Hinweis auf ihn. Überlegen Sie mal, mit wem Dillmann sich in den letzten beiden Jahren anfreunden, mit wem er etwas verabreden konnte?«

»Er war im Knast.«

»Ein Reporter kann dort besser recherchieren, als ein privater Detektiv.«

»Das ist richtig.«

»Kann sein, daß die Polizei ähnlichen Gedanken nachhängt wie ich.«

»Mit denen komme ich klar«, sagte er, »ich lasse von mir hören.«

Ich hatte vom Hotelzimmer aus angerufen, legte auf und ging hinunter zum Fiat, der auf dem Parkplatz auf mich wartete. Ich fuhr nach Bevenrode.

Diesmal ging ich direkt und ohne alle Vorsichtsmaßnahmen zu dem Haus, in dem Frau Dillmann wohnte. In irgendeiner Küche pfiff ein Wasserkessel, daß einem die Ohren schmerzten. Ich stieg zur ersten Etage hoch. Das Pfeifen kam aus Dillmanns Wohnung. Eine Frauenstimme rief etwas, das ich nicht verstehen konnte.

Ich klingelte. Die Korridortür wurde aufgerissen, noch ehe die kleine Melodie verklungen war. Der Mann mit der trutzigen Stirn und den schmalen Lippen stand vor mir, sah mich einen Augenblick lang verdutzt an und lachte dann. Es hörte sich albern an und ein kleines bißchen verzweifelt.

Ich wartete, bis er sich beruhigt hatte.

»Sagen Sie bloß, der Daniel Beer schickt Sie schon wieder, um mir Grüße zu bestellen.«

Eine Frauenstimme fragte: »Kommst du Kaffee trinken, oder willst du dich totlachen da draußen?«

»Machen Sie's kurz«, sagte er, barsch, aber nicht ohne Neugier. »Was wollen Sie schon wieder?«

»Mit Frau Dillmann sprechen.«

»Worüber?«

»Ich hab' gehört, sie sei schon volljährig.«

»Lucie!« rief er, »komm mal her! Hier is'n Witzbold, der will dir was erzählen.«

Kleine feste Schritte hackten über den belaglosen Fußboden, und der Mann, der sich mir noch nicht vorgestellt hatte, trat zurück. Vor mir stand eine Frau wie ein Karton. Alles an ihr wirkte eckig, die Schultern, die Hüften, sogar der Kopf. Sie war klein und fast so breit, wie sie lang war. Sie hatte blondgefärbtes Haar, das wie eine schlechtsitzende Perücke aussah. Ihr echtes, dunkelbraunes, war gute drei Zentimeter nachgewachsen. Ihre kalten Augen blickten gleichgültig. Ihre Stimme schnarrte.

»Was gibt's denn? 'ne gute oder 'ne schlechte Nachricht?«

»Diesmal die schlechte zuerst: Ihr Exmann ist tot. Ermordet. Und die gute: Die Polizei ist drauf und dran, den Mörder zu schnappen.«

Vielleicht hatte ich doch die falsche Reihenfolge erwischt, denn sie sagte: »Das ist vielleicht 'ne Scheiße. Na, kommen Sie mal rein.«

Ich trat ein, und der Mann, von dem ich noch immer nicht wußte, wer er war, drückte hinter mir die Tür ins Schloß. Frau Dillmann führte mich ins Wohnzimmer, bot mir Platz an und bestimmte, daß ich eine Tasse Kaffee mittrank. Sie holte eine dritte Tasse aus dem Schrank und stellte sie vor mich hin.

»Laß mal, Lucie«, sagte der Mann, als sie in die Küche wollte, um den Kaffee zu holen. »Das mach ich.« Sein Blick war ergeben. Er verschwand und kam sehr schnell mit einer Kanne Kaffee zurück.

»Übrigens«, sagte Frau Dillmann zu mir, »er heißt Hörtel. Gisbert Hörtel.« Und zu ihm: »Du hättest dich auch selbst vorstellen können.«

»Meinst du wirklich?« sagte er sarkastisch.

»Manchmal hat er schlechte Manieren«, sagte sie.

»Ja, da hast du recht.« Es klang, als sei er selbst traurig darüber.

Falls er Dillmanns Erbe bei dieser Frau angetreten hatte, gab ich ihm keine Chance, es auch nur bis zur Treppe vom Standesamt zu bringen.

Er schenkte uns Kaffee ein, zuerst mir, dann Frau Dillmann und zuletzt genehmigte er sich selbst eine halbe Tasse voll. Vielleicht machte er sich nichts aus Kaffee. Schon bei meinem ersten Besuch war mir aufgefallen, daß er ganz gut aussah, wenn er nicht gerade den Bärbeißigen spielte. Er sah noch immer gut aus, wirkte aber bedrückt und mit sich selbst unzufrieden. Vielleicht wußte er bereits, daß er sich mit dieser Frau übernommen hatte.

»Wie ich heiße, wissen Sie ja wohl noch«, sagte ich zu ihm.

»Eiserbeck nicht wahr? Der Detektiv, der sich nicht zu erkennen geben wollte. Aber ich habe gemerkt, daß irgendwas nicht stimmte und bin erstmal auf alles eingegangen, auch darauf, daß Sie mich Dillmann genannt haben. Als Sie mir Grüße von einem Daniel Beer bestellten, da dachte ich, das ist einer, der es darauf anlegt, in die Wohnung reinzukommen. Man hört und liest ja eine Menge über Trickbetrüger.«

Er war eine Plaudertasche, und das war das Letzte, was ich von ihm erwartet hatte.

»Wenn er 'Daniel Beer' gesagt hat«, meinte Frau Dillmann, »hätte es bei dir klingeln müssen. Das ist der, der eigentlich mit ins Gefängnis gehört hätte.«

»Na ja«, meinte Hörtel ergeben, »'s ist halt nicht jeder dort, wo er hingehört.«

»Und Sie?« Die resolute Frau Dillmann wandte sich an mich. »Sie wollen mir was über meinen Exmann erzählen?«

»Vielleicht würde ich's tun«, erwiderte ich, »wenn ich was wüßte, außer, daß man ihn umgebracht hat. Aber das sagte ich wohl schon.«

»Seien Sie nicht schockiert, wenn ich deshalb nicht in Ohnmacht falle«, meinte sie. »Erstens bin ich keine, der man auf dem ersten Blick ansieht, was sie fühlt, zweitens fühle ich wahrhaftig nicht allzuviel für ihn. Um ehrlich zu sein, nach allem, was geschehen ist, verstehe ich nicht mehr, daß ich überhaupt mal ein Gefühl an ihn verschwendet habe.«

Gisbert Hörtel ließ einen Seufzer los. Wir sahen ihn an, aber das bemerkte er nicht. Mit gesenktem Kopf hing er anscheinend unguten Gedanken nach. Der Hörtel, den ich heute kennenlernte, hatte wenig mit dem gemein, der sich bei meinem ersten Besuch vor der Tür mit mir unterhalten hatte. Im Augenblick war es mir nicht besonders wichtig, über die Gründe für seine Veränderung nachzudenken. Mich interessierte Dillmann.

»Er hat Sie also enttäuscht«, stellt ich fest.

»Kann man so nennen. Hat versucht, zu Geld zu kommen, und dabei eine Bauchlandung gemacht.«

Für sie war dilettantisch, was kriminell gewesen war.

»Dann durfte er auf Staatskosten leben, und ich mußte sehen, wie ich alleine zurechtkomme«, klagte sie. »Da er ohnehin dafür gesorgt hatte, daß wir getrennt leben mußten, habe ich gleich das Trennungsjahr beantragt.«

»Sie waren also entschlossen, sich scheiden zu lassen?«

»Fest entschlossen!« Sie ballte die Hände zu kleinen, harten Fäusten, um die Festigkeit ihres Entschlusses zu unterstreichen. »Für all den Mist, den er gebaut hat und unter dem ich zu leiden hatte«, fuhr sie fort, »hat er mir sowas wie eine Entschädigung versprochen. Nicht vor Gericht, versteht sich, das haben wir unter uns ausgemacht.«

»Er saß im Gefängnis«, warf ich ein, »wie hätte er Sie entschädigen können?«

»Dieser Daniel Beer, für den mein Mann den Kopf hingehalten hat, sollte Knete für ihn beiseite bringen. So war's abgesprochen, aber entweder hat Beer sein Wort nicht gehalten, oder mein Exmann hat mal wieder verpatzt, was aus ihm rauszuholen. Jedenfalls war die Nachricht, daß er von Beer nichts gekriegt hat und deshalb auch mir nichts geben kann, so ungefähr das Letzte, was ich von ihm gehört habe. — Und nun kommen Sie und erzählen, er sei tot. Umgebracht! Der Kerl, der das getan hat, hat mir die letzte Chance genommen, von meinem Exmann auch nur den geringsten Teil einer Wiedergutmachung zu kriegen. — Wer war es?«

Ehe ich etwas sagen konnte, antwortete Hörtel.

»Wenn Herr Eiserbeck das wüßte«, sagte er mit leiser Stimme, »dann säße er wohl nicht hier.«

»Vielleicht doch,« erwiderte ich, »Denn ich bin nicht hinter dem Mörder her, sondern hinter dem entführten Kind. Ihr Exmann hat bei Familie Beer einhunderttausend Mark Lösegeld für das Kind gefordert und den Ort der Übergabe bestimmt — sein Gartenhaus.«

»Der soll ein Kind entführt haben?« rief Frau Dillmann ungläubig. »Nein! Das paßt überhaupt nicht zu ihm.« Sie warf Hörtel einen Blick zu, als könne er das Rätsel für sie lösen.

Er zuckte die Schultern. »Kommt schon mal vor«, sagte er, »daß jemand was macht, was gar nicht zu ihm paßt.«

Sie ließ es gelten. »Aber wenn er das getan hat«, fügte sie hinzu, »hat er garantiert was angepackt, was paar Nummern zu groß für ihn war. Bestimmt ist dieser Beer auch diesmal wieder cleverer gewesen als er und hat ihn umgebracht.«

»Das ist Ihre Version, Frau Dillmann«, sagte ich, »ob sie stimmt oder nicht, wird sich herausstellen. Mir ist nur eines wichtig: Wo ist Beers Baby?«

»Wenn es nicht im Gartenhaus war, wird er es wohl versteckt haben«, kommentierte sie.

Ich gab die Hoffnung nicht auf, daß sie doch noch etwas Brauchbares äußern und mich auf eine Spur bringen könnte.

»Fällt Ihnen vielleicht irgendein Ort oder ein Mensch ein, zu dem Ihr Exmann ein Kind hätte bringen können?«

»Warten Sie mal«, sagte sie und dachte nach.

Gisbert Hörtel sah sie so konzentriert an, als wolle er sie beim Denken unterstützen. Ich wartete.

Plötzlich schlug sie sich mit der Rückhand gegen die Stirn.

»Peter«, sagte sie und war schon wieder mit Nachdenken beschäftigt.

Diesmal war ich weniger geduldig. »Peter wer?« fragte ich.

»Ich komm' nicht drauf«, bekannte sie, »er hat den Nachnamen nicht mehr als zweimal erwähnt. Von Peter dagegen hat er öfter erzählt.

»Woher kannte er ihn?«

»Na, woher schon! Aus dem Gefängnis. Dieser Peter muß kurz nach ihm reingekommen sein.«

»Und? Was hat er erzählt von ihm?«

»Armes Schwein, guter Kumpel. Reingerissen in irgendwas, was er natürlich gar nicht gewollt hat. Ich glaube, es war eine Schlägerei, bei der durch seine Schuld jemand auf der Strecke geblieben ist.«

»Wann hat Ihr Exmann Ihnen das erzählt?«

Ihr Blick wurde scharf und unwillig. »Ab und zu mußte ich ihn ja mal besuchen, um wegen der Scheidung was zu regeln. Außerdem ist er zweimal Freigänger gewesen und war übers Wochenende zu Hause.«

»Dieser Peter kann mit der Entführungsgeschichte nur zu tun haben, wenn er ebenfalls entlassen wurde.«

Sie sagte nichts dazu. Sie verkniff die Lippen wie jemand, der nicht weiß, was besser ist: alles zu sagen oder lieber den Mund zu halten.

»Frau Dillmann«, sagte ich, »Herr Beer mag Ihnen Geld und sonstwas schulden, aber es geht um sein Kind.«

»Ich sage ja nicht, daß dieser Peter mit der Sache was zu tun hat, verstehen Sie? Ich beschuldige niemanden.« Sie warf mir einen kurzen, prüfenden Blick zu und sah an mir vorbei, als sie weitersprach: »Ich erzähle Ihnen nur Tatsachen, die Schlußfolgerungen sind Ihre Sache.«

»Genau so sehe ich die Sache auch«, sagte ich, um sie am Reden zu halten.

»Als mein Exmann entlassen wurde, ist er gleich zu Beer gegangen, um seinen Anteil abzuholen. Er kam sehr bedrückt zurück. Beer hatte kein Geld für ihn, und mein Exmann meinte, es tue ihm leid, daß er nun auch mir nichts zahlen könne. Ich habe ihm gesagt, das sei ich von ihm gewöhnt, und er solle endlich aus meinem Leben verschwinden. Ich wollte neu anfangen. Er ist in sein Gartenhaus gezogen. Vorige Woche war er noch einmal hier, um seinen letzten Kram abzuholen. Dabei sagte er: Stell dir vor, Peter hat mir den Vorschlag gemacht, eines von Beers Kindern zu entführen und von Beer das Geld zu fordern, was mir zusteht. – Feiner Kumpel, was?«

Ein kühler, lauernder Blick streifte mich. Ich versuchte, unbeteiligt auszusehen, und wartete auf die Fortsetzung ihrer Geschichte.

»Mein Exmann meinte, so was käme für ihn nicht in Frage. Er sei froh, den Knast hinter sich zu haben, und er würde nie wieder irgend etwas riskieren, was seine Freiheit gefährden könnte.«

Ich sagte nichts dazu. Ich trank meinen Kaffe aus.

»Vielleicht hat er es sich anders überlegt«, meinte Gisbert Hörtel nach einer allgemeinen Schweigeminute, und das war alles, was es im Augenblick dazu zu sagen gab.

11

Am nächsten Morgen erhielt ich frühen Besuch im Hotel. Ein Mann, Mitte Vierzig, Selbstbewußtsein, das aus allen Poren triefte, und einen durchdringenden Blick, den sie alle haben, wenn sie lange genug und nicht ohne Erfolg bei ihrer Firma sind. Seine Bekleidung erinnerte mich an das, was Grit mir im neuesten Quelle-Katalog gezeigt hatte.

Er stellte sich als Hauptkommissar Merkheim von der Mordkommission vor.

Ich bot ihm Platz und einen Drink an und war sicher, daß er sich setzen und mein zweites Angebot ablehnen würde. Genauso kam es.

Zuerst fragte er mich Dinge, die er längst wußte, und das war in Ordnung. Zumeist ist das auch meine Art. Man lernt sein Gegenüber kennen, kann es testen, kann im Kopf schon mal Aussagen vergleichen und Übereinstimmungen oder Widersprüche registrieren.

Es ging ihm um meinen Besuch in Riddagshausen, in Dillmanns Gartenhaus. Weshalb war ich dort gewesen? Warum zu jener Tageszeit? Wo hatte ich meinen Fiat geparkt? War mir in der Nähe des Gartenhauses irgend etwas aufgefallen?

Ich wiederholte alles, was ich der Polizei vor Ort bereits erzählt hatte.

Mir fiel auf, daß Hauptkommissar Merkheim ein ernster Mann war. Pessimistisch wirkte er nicht, eher traurig, wie ein Mensch, der weiß, daß die Sonne scheint, er aber die Schattenseiten des Lebens durchwandern muß.

Merkheim hörte mir intensiver zu, als es die Polizisten getan hatten, die außer mir noch mit Dillmanns Leiche und mit Daniel Beer beschäftigt gewesen waren. Es schien, als lausche er jedem meiner Worte nach. Wahrscheinlich hatte er ein feines Gehör für falsche Töne. Oft waren meine Antworten für ihn Ausgangspunkte für neue Fragen.

»Ein Mann wie Sie beobachtet anders als der Normalbürger«, sagte er.

Es klang weder abschätzig noch einschmeichelnd. Ich nahm es als Anerkennung meines Berufes, und die zollt einem nicht jeder Kriminalist.

»Wie war das mit den Türen und Schlüsseln?« fragte er. »War abgeschlossen, als Sie kamen?«

»Nicht das Gartentor, aber die Haustür. Und es gab kein Hintertürchen am Haus.«

Merkheim ließ sich in aller Ausführlichkeit wiederholen, wie ich um das Haus geschlichen war und mich zum Fenster an der Hinterwand über dem Sack mit Torfmull und der Regentonne hochgehangelt hatte. Ich beteuerte, daß ich gegen die Sonne gestanden und die beiden Gestalten im Zimmer nur schemenhaft gesehen hatte.

»Als Sie sich bemerkbar machten«, sagte er, »ist Daniel Beer aufgestanden und zur Tür gegangen. Ich möchte herausfinden, ob der Schlüssel innen gesteckt hat, oder ob er ihn aufheben oder von irgendwo herholen mußte.«

Ich verstand. Hatte der Schlüssel von innen im Schloß gesteckt, konnte es nur Daniel Beer gewesen sein, der von innen abgeschlossen hatte. Da außer ihm und dem Toten niemand im Zimmer gewesen war, hatte er den Unbekannten erfunden, und er selbst war es gewesen, der Dillmann getötet hatte. Die Beule am Kopf konnte er sich selbst zugefügt haben.

Hatte der Schlüssel nicht im Schloß gesteckt, sondern irgendwo im Zimmer gelegen, war es möglich, daß der Mörder ihn abgezogen und weggelegt hatte. Dann war er hinausgegangen, hatte Daniel Beer und den ermordeten Dillmann eingeschlossen und Beer damit erfolgreich in Schwierigkeiten gebracht.

Ich überlegte.

»Als Beer sich ziemlich schwerfällig von seinem Stuhl erhob, bin ich nicht sofort vom Fenster verschwunden«, erklärte ich Merkheim, »ich wollte beobachten, ob er zu dem Mann, der ihm gegenüber saß, etwas sagte oder ihm ein Zeichen gab. Nichts dergleichen. Beer ging zur Tür, ich ließ mich ins Gras plumpsen, rappelte mich auf und war an der Tür, als Beer den Schlüssel im Schloß drehte und mir öffnete. — Tut mir leid, mehr ist nicht drin.«

»Man soll nicht unbescheiden sein«, sagte Merkheim.

Ich bemerkte, daß womöglich doch ein Dritter im Spiel gewesen sein könnte.

»Ja, ja, der große Unbekannte.« Der Hauptkommissar lächelte gequält wie über einen alten, abgegriffenen Scherz, mit dem ihm immer mal wieder jemand aufzumuntern versuchte.

»Kann Beer angeben, wie lange er ohnmächtig am Boden lag?« fragte ich.

Kommissar Merkheim schüttelte den Kopf. »Er sagt, er habe keine Ahnung, wie lange er weggetreten war. Als Sie durchs Fenster geguckt haben, lag er jedenfalls nicht mehr flach, sondern saß dem toten Dillmann gegenüber auf dem Stuhl, und ich frage mich, weshalb er dagesessen hat, statt hinauszulaufen und uns zu benachrichtigen, nachdem er seine Sinne wieder beisammen hatte.«

»Er hat dagesessen«, sagte ich, »schlaff und resigniert, als sei für ihn alles zu Ende, so wie für Dillmann. Vielleicht hatte er seine Sinne noch immer nicht ganz beisammen. Kind weg, Lösegeld weg. Das kann einen Menschen durchaus umhauen. — Oder ist er ohne Lösegeld zu Dillmann?«

»Noch wissen wir das nicht«, sagte Merkheim, »Aber ich nehme an, daß er die geforderte Summe bei sich hatte, als er zu Dillmanns Gartenhaus fuhr.«

»Demnach ist es doch gestohlen worden.«

»Muß nicht sein«, meinte er, »Beer kann es irgendwo versteckt haben, bevor er zu Dillmann rein ist. Beers finanzielle Lage sicht mics aus. Einen Versuch, sein Kind ohne Lösegeld zurückzukriegen, würde ich ihm durchaus zutrauen.«

Es stand in keiner Beziehung gut um den Makler.

»Wir ermitteln eng mit den Kollegen zusammen, die sich um die Kindesentführung kümmern«, sagte Merkheim. »Ich hoffe, daß uns niemand mit seinen privaten Recherchen in die Quere kommt, weder in der einen, noch in der anderen Angelegenheit.«

Ich nickte unverbindlich wie über Bla-Bla, das mich nichts anging.

Hauptkommissar Merkheim sah mich düster an. Er schien eine Menge Gründe zu haben, auch über mich traurig zu sein. Ich konnte ihm nicht helfen. Schließlich erhob er sich.

»Auf Wiedersehen«, sagte er, ohne mir die Hand zu reichen. Er nickte mir zu und ging durchs Zimmer.

Hängt ein Fall, den ich bearbeite, erst bei der Kriminalpolizei, braucht mir kein Kriminalist 'Auf Wiedersehen' zu wünschen. Ich sehe ihn ganz bestimmt wieder, wo auch immer. Unter der Tür wandte sich Merkheim noch einmal um.

»Ich hoffe weiterhin«, sagte er, »daß die Kindesentführung eines Tages nicht auch noch auf meinem Schreibtisch landet — als Fall für die Mordkommission.«

◊

Ich lief in Gedanken wieder durch Riddagshausen, entlang der Kleingartenanlage, vorbei an Dillmanns Grundstück. Wo konnte Beer das Geld versteckt haben, falls er darauf aus gewesen war, Dillmann zu überlisten oder wenigstens zu versuchen, vorerst ohne die geforderte Summe zu verhandeln?

Falls überhaupt, hatte er es gewiß in der Nähe von Dillmanns Grundstück gelassen. Im Garten selbst konnte es schwerlich liegen. Ein zufälliger Blick aus dem Fenster, und Dillmann hätte bemerkt, was draußen vorging. Die fensterlose Seite ging zur Straße hin. Es war keine Hauptverkehrsstraße, aber Radfahrer und Fußgänger kamen allemal vorbei und hätten möglicherweise Beer beobachten und später identifizieren können, falls das aus irgendeinem Grund nötig geworden wäre.

Beer mußte sich eine Stelle ausgesucht haben, an der nicht nur das Geld, sondern auch er sicher war, nicht entdeckt zu werden. Am wahrscheinlichsten erschien mir ein Platz auf der anderen Straßenseite, direkt gegenüber von Dillmanns Grundstück und hinter den Büschen, die entlang der Straße wucherten. Dort schob sich ein schmaler Wiesenstreifen zwischen Gebüsch und Lünischteich, und

Daniel Beer hätte keine zwei Minuten gebraucht, um das Geld zu holen, falls er Dillmann nicht überlisten konnte.

Ich schlug mit der flachen Hand auf den Tisch, um mich aus meinen Grübeleien zurückzuholen, suchte Karsten Leonhardts private Telefonnummer heraus und rief ihn an.

Diesmal vergebens. Ich versuchte es im *Blatt*, aber da hatte ihn den ganzen Tag lang noch keiner zu Gesicht bekommen. Blieb mir nur zu hoffen, daß er Dillmanns Vertrautem auf die Spur gekommen und daß der ein Mithäftling von Dillmann gewesen war. Einer, der mit Vornamen Peter hieß.

Ich verließ das Hotel, ging zum Fiat und fuhr zur Herzogin-Elisabeth-Straße. Zwei Häuser hinter Beers Anwesen, gegenüber vom Hutgeschäft, stellte ich den Wagen ab. Britta mußte mich entdeckt haben, als ich am Haus vorbeifuhr. Ihr strohgelber Wuschelkopf tauchte in einem Gardinenspalt auf und verschwand wieder. Die Haustür flog auf. Sie sauste heraus bis zum Gartentor.

»Guten Tag, Herr Eiserbeck!« rief sie und hatte es eilig, das Tor aufzuschließen. »Da bist du ja endlich mal wieder.«

Sie trug grüne Latzhosen über einem weißen Pullover und ich sagte: »Tag, Grashüpfer. So wie du dich das letzte mal benommen hast, als ich hier war, dachte ich, du willst mich überhaupt nicht mehr sehen.«

»Wollte ich auch nicht. Ich hatte überhaupt keinen Bock mehr auf dich, das kannst du mir glauben.«

»Warum denn?«

»Weil du redest und geheimnisvoll tust, aber Markus nicht zurückbringst.«

Sie grabschte meine Hand und zog mich zur Haustür.

»Heute bringe ich Markus auch nicht. Was ist heute mit dir los?«

»Mama hat mir viel erzählt«, sagte sie. »Über sich und Papa und ihre Arbeit. Dann über dich. Sie sagt, sie hätte mit dir reden und dir vertrauen sollen, und wenn ich mich jetzt querstelle, wäre das ganz unfair von mir.«

Sie stieß die Haustür auf, und wir traten ein. Frau Beer stand mit einer Mini-Gießkanne im Wohnzimmer und goß eine prachtvolle Yukka. Sie stellte die Kanne ab und sah mich sekundenlang mit hoffnungsvollem Blick an.

Dann wurden ihre Lippen hart.

»Ich wollte nur mal nach dem Rechten sehen…«

Sie nickte und bot mir Platz an. Sie setzte sich mir gegenüber, steif und aufmerksam wie zu einem Verhör.

»Die Polizei vermutet«, sagte sie, »mein Mann habe Dillmann getötet, weil der ohne Markus zum Treff gekommen ist und von ihm die doppelte Summe Lösegeld gefordert hat.«

»Das ist nicht mehr als eine Vermutung von vielen, die sie haben«, sagte ich.

»Aber eine, die uns sehr belastet.«

»Und du?« Britta pflanzte sich vor mir auf, ihre großen, schiefergrauen Augen fest auf mich gerichtet. »Glaubst du auch, daß Papa jemanden umgebracht hat?«

»Ich glaube, daß ihn jemand ganz böse reingelegt hat.«

Sie nickte, und sah jetzt wieder zehn Jahre älter aus, als ihr zukam. »Ich geh' nicht mehr zur Schule«, sagte sie, »vorläufig. So, wie die sich dort benehmen«, fügte sie in ihrer altklugen Art sehr verächtlich hinzu. Ich hielt ihr beide Hände hin, sie legte ihre hinein, und ließ sich heranziehen.

»Weißt du was«, sagte ich, »kleine Butterblümchen sollten sich keinen Kopf machen um das, was Erwachsene miteinander anstellen.«

»Heute bin ich Grashüpfer.«

»Grashüpfer springen auf der Wiese umher und sitzen nicht zu Hause und grübeln. — Britta, Erwachsene müssen die Suppe selber auslöffeln, die sie sich eingebrockt haben, und die schaffen das auch.«

»Wo ist Markus?«

»Ich verstehe«, sagte ich eindringlich, »daß du dir Sorgen machst, aber das nützt niemandem, auch Markus nicht. Du kannst im Augenblick nichts für ihn tun. Also quäle dich nicht.«

»Aber Papa ...«

»Dein Papa muß sich selbst helfen. Außerdem hat er Freunde, die ihn unterstützen, und falls du etwas für ihn tun kannst, wird er es dich wissen lassen.« Ich strich über ihren Wuschelkopf. »Trotz allem, was passiert ist, solltest du dich nicht so grämen, sondern ganz fest daran glauben, daß alles gut wird.«

»Ach so, du meinst, positiv denken.«

»Genau das, Naseweis.«

Ihre schiefergrauen Augen bekamen einen nachdenklichen Blick. »Das ist gar nicht so einfach, nicht wahr?«

»Natürlich nicht, aber du schaffst das, denn damit kannst du dir und den anderen am meisten helfen.«

Sie nickte ernsthaft.

»Was hältst du davon, wenn ich dich jetzt zu einem Erdbeereis einlade?«

Sie kicherte. »Drüben im *Turnschuh*?«

»Wenn du möchtest, drüben im Turnschuh.«

Sie warf einen Blick auf ihre Mutter. Frau Beer nickte.

»Ich liefere Ihnen Britta anschließend wieder zu Hause ab«, sagte ich und wir spazierten zur Tür hinaus.

Auf der Straße, wenige Meter vor dem Fiat, trafen wir zwei Mädchen in Brittas Alter. Sie stießen sich mit dem Ellenbogen an, um einander auf Britta und mich aufmerksam zu machen. Als wir näherkamen, schauten sie in eine andere Richtung und unterhielten sich angestrengt miteinander.

»Das waren zwei aus meiner Klasse«, sagte Britta, als sie im Wagen neben mir saß. »So tun die meisten. Als wäre ich Luft. Oder krank.«

»Sie meinen's nicht böse«, sagte ich, »sie stehen halt vor einem Problem, das sie nicht kennen, und sind verunsichert. Das gibt sich wieder, und wenn's sich gegeben hat, solltest du großzügig sein und tun, als wäre nichts gewesen.«

»Na ja«, sagte sie, »mal sehen.«

Bis zum Turner-Stadion mit dem Spitznamen *Turnschuh* war es nur ein Katzensprung. Im Park, der das Stadion umgab, war es still, die Sportplätze waren leer. Es war noch einmal ein milder Herbsttag.

Wir setzten uns auf die Terrasse, genossen den leichten Lufthauch, der über die weite Rasenfläche bis ans Haus heranstrich, und warteten auf die Bedienung. Die Angebotskarte konnten wir zurückweisen, wir wußten, was wir wollten: Erdbeereis mit Schlagsahne. Wir redeten nicht viel, bis die Eisbecher mit bunten Streuseln und Sonnenschirmchen vor uns standen, und noch weniger, während wir uns darüber hermachten. Britta stöhnte, als sie zwei Drittel weggeputzt hatte und meinte, jetzt müsse sie ganz langsam essen, auch, wenn das Eis zur Suppe würde.

Draußen fuhr ein Motorradfahrer an der Eingrenzung des Sportfeldes entlang, und schon waren Brittas Gedanken wieder bei den Problemen, die ich ihr gern erspart und aus ihrem Kinderköpfchen vertrieben hätte.

Sie stieß mich an.

»Guck mal, einer mit 'nem Motorrad.«

»Ja und?«

»Na, so einer hat doch Torsten den Zettel zugesteckt«, sagte sie, unwillig über meine Begriffsstutzigkeit.

»Der wird sich hüten, sich hier noch mal blicken zu lassen.«

Sie beobachtete den Mann trotzdem, bis er auf den Platz vor der Gaststätte einbog und aus ihrem Gesichtsfeld verschwand. Schweigend rührte sie in ihrem zerlaufenen Eis und schob ab und zu einen Löffelvoll in den Mund.

Der Motorradfahrer kam auf die Terrasse. Er war groß und sehr schlank. Noch trug er seinen Helm. Er suchte sich einen Platz mitten auf der Terrasse, setzte sich und sah mit ungeduldigem Blick zur Tür, als habe ihn der Kellner schon eine halbe Stunde lang warten lassen. Oder seine Verabredung. Als der Kellner auftauchte, nahm der Bursche den Helm ab. Er hatte ein schmales, junges, unruhiges Gesicht.

»Nein, so hat er wirklich nicht ausgesehen«, sagte Britta mit Bestimmtheit und ein wenig enttäuscht.

»Du meinst, so hat ihn Torsten nicht beschrieben, und da hast du ganz recht.«

»Der hier ist auch viel dünner als der, den ich meine.«

Ich schob den leeren Eisbecher von mir.

»Rauchst du jetzt?« fragte Britta skeptisch.

»Erstens bin ich Nichtraucher, zweitens würde ich mir das niemals erlauben, solange eine junge Dame Eis-Suppe aus ihrer Schale löffelt.«

Sie lächelte und schlürfte die Schale leer. Ich beobachtete sie dabei. Sie gab sich locker und natürlich, aber in ihrem Blick lag eine leichte Unzufriedenheit. Ich wurde noch immer nicht klug aus ihr. Hielt sie etwas zurück, was sie mir besser gesagt hätte? Oder gab ihr Unterbewußtsein von Zeit zu Zeit Gedanken frei, die sie spontan äußerte? Auf welchen Motorradfahrer hatte sie zum Beispiel eben angespielt?

»Du kennst also auch einen Motorradfahrer«, sagte ich leichthin.

»Eben nicht. Ich bin doch nicht mitgegangen.«

»Erzähle mal.«

»Das war vorn am Parkeingang«, sagte sie bereitwillig. »Er hat neben mir angehalten und gefragt, ob ich Lust hab, mit ihm eine Runde durch den Park zu drehen.«

»Und?« fragte ich gespannt.

»Lust hatte ich, war aber mal wieder spät dran. Mama wollte zur Boutique, und ich sollte auf Markus aufpassen.«

»Na, und außerdem«, sagte ich, »sollen kleine Mädchen keine Bonbons von fremden Männern annehmen oder mit ihnen durch den Park spazieren. Haben dir deine Eltern das nicht beigebracht?«

Sie zuckte die Schultern, als sei das von keinerlei Bedeutung, ob man ihr etwas beibrachte oder nicht.

»Das war schon ein netter«, sagte sie, »an dem Tag hatte ich nämlich eine verflixt schwere Schulmappe, und das muß er gemerkt haben. Er hat gesagt, wenn ich's so eilig habe, fährt er mich nach Hause oder nimmt mir wenigstens die Schultasche ab.«

»Das hast du abgelehnt?«

Sie nickte. »Die paar Schritte bis zu unserem Haus! Das wäre mir albern vorgekommen.«

Im Geiste sah ich Frau Dillmann vor mir und erinnerte mich an unser Gespräch über ihren Exmann. Sein Freund und Knastbruder Peter hatte ihm vorgeschlagen, *eines der Kinder von Daniel Beer* zu entführen und Lösegeld in Höhe von Beers Schulden zu fordern.

Der Motorradfahrer auf der Terrasse hatte inzwischen Gesellschaft erhalten. An seinem Tisch saß ein junges Mädchen und strahlte ihn an, als trage er den Siegerkranz für ein gewonnenes Motocross-Rennen auf den Schultern. Er lächelte, und sein Blick war ruhig geworden.

»Dem da drüben also«, sagte ich zu Britta, »hat dein

Motorradfahrer nicht ähnlich gesehen. Vielleicht eher demjenigen, den Torsten beschrieben hat? Dann wäre er ungefähr so groß wie ich und ziemlich kräftig gewesen.«

»Ja, so vielleicht«, sagte sie unbeteiligt.

»Kannst du dich an sein Motorrad erinnern?«

»Na klar. Das war schick.«

»Und was ist schick?«

»Mann!« sagte sie nörgelig, »du weißt aber auch gar nichts. Schick ist schwarz und so mit Chrom.«

»Hm. Noch was?«

»Mir gefällt's auch, wenn einer 'ne Scheibe hat.« Sie prustete los, tippte sich an die Stirn. »Ich meine nicht da, sondern am Lenkrad, so 'ne hochgezogene.«

»Und die hatte dein Motorradfahrer?«

Sie nickte. »Koffer am Sattel hat er auch gehabt. Auch schwarz.«

»Und natürlich einen schicken Helm«, mutmaßte ich.

Sie zögerte. »Da gefallen mir eigentlich die neuen besser«, verriet sie mir, »aber der hatte 'ne Eierschale.« Nachdenklich setzte sie hinzu: »Vielleicht hätte ich doch 'ne Runde mitfahren sollen. Was meinst du?«

»Sei froh, daß du es nicht getan hast«, sagte ich sehr ernst. »Vielleicht wäre das gefährlich für dich geworden.«

»Warum de...«

Sie brach ihre Frage ab und starrte mich an. Sie hatte begriffen.

»Wenn ich das zu Hause erzählt hätte«, sagte sie zögernd, aber jetzt ließ ich sie nicht weiterreden.

»Hätte sich an dem, was passiert ist, nichts geändert. Das konnte niemand voraussehen. — Butterblümchen, bitte, fang' nicht wieder an, dir dein Köpfchen zu zerbrechen.«

»Wenn ich aber immer dran denken *muß*«, sagte sie trotzig.

»Du mußt, weil du es willst.«

Wir schwiegen. Ich wußte, daß es keinen Sinn hatte, ihr ihren Kummer ausreden zu wollen. Sie war zu tief von dem betroffen, was in den vergangenen Tagen in und mit ihrer Familie geschehen war.

Der Kellner kam, und ich zahlte unsere Eisbecher.

»Komm«, sagte ich zu Britta, »ich bring' dich nach Hause.«

Sie rutschte vom Stuhl, wir verließen die Terrasse und gingen durch die Gaststube nach draußen.

»Wichtig ist«, sagte ich, als wir im Fiat saßen, »daß du *jetzt* alles sagst, was du hörst, siehst, erlebst und vor allem, woran du dich erinnerst.«

Sie sah mich an wie einen, der leeres Stroh drischt. Ich fuhr los.

»Jetzt weißt du das von meinem Motorradfahrer«, sagte sie. »Kannst du Markus nun endlich finden?«

»Ich muß alles sammeln und durchdenken, was man mir sagt«, erklärte ich ihr, »du kennst doch Puzzlespiele?«

Sie nickte und wurde heftig. »Warum fragst du so was? Warum gibst du mir keine Antwort? Ich will wissen, ob du Markus jetzt findest. Warum sagst du nicht einfach ja oder nein?«

»Weil das so einfach nicht ist, Britta. Alles, was ich erfahre, muß ich sammeln und zusammensetzen, wie bei einem Puzzlespiel, bis ich mir wenigstens in groben Zügen ein Bild davon machen kann, was geschehen ist.«

Wir waren vor Beers Haus angekommen. Britta schnallte sich ab, stieg aus und ging zum Gartentor. Ich schloß den Fiat ab und folgte ihr. Sie hatte geklingelt, und ihre Mutter kam zur Tür.

»Britta«, sagte ich, und hielt ihr einen Zettel hin, auf dem die Adresse und Telefonnummer meines Hotels standen.

»Deine Mutter weiß selbstverständlich auch, wo ich zu finden bin, aber das hier ist extra für dich, falls du mich mal brauchst oder was erzählen möchtest.«

»Ich glaube nicht«, sagte sie und knüllte den Zettel in der Hand. »Bei dir dauert mir das alles viel zu lange.«

12

»Da sind Sie ja«, sagte der Reporter. Er stand am Hotelempfang und forderte vom Portier den Zettel zurück, den er in mein Brieffach hatte legen lassen. Zu mir sagte er: »Ich hatte Ihnen das Wichtigste aufgeschrieben, aber so ist's besser.«

Wir gingen nach draußen.

»Die gute Nachricht zuerst», sagte Karsten Leonhardt, »Dillmann hat sich im Gefängnis wahrhaftig mit einem Mithäftling angefreundet…«

»Hoffentlich einem, der Peter heißt«, warf ich ein.

Verblüfft blieb der Reporter stehen und sah mich an. »Peter Lauenstein heißt der Kerl. Er ist paar Tage vor Dillmann entlassen worden.«

»Wohin?«

»Zu seiner Freundin Conny Kettner, hier in Braunschweig.«

Er drückte mir den Zettel in die Hand, der in meinem Brieffach gelegen hatte. »Da steht die Adresse drauf.«

Ich fragte, ob Lauenstein vor seiner Verhaftung schon bei diesem Fräulein Kettner gewohnt oder eine eigene Wohnung besessen hatte.

»Er hat mit seinem Vater zusammengewohnt. Und dann ist da irgendeine Schweinerei passiert: Der Vater ist ins Altenheim gekommen, und die Wohnung wurde aufgelöst, obwohl sie Peter Lauenstein zugestanden hätte.«

»Da war es ja ein Glück für ihn«, sagte ich, »daß er diese Frau kennengelernt hat.«

»In der Haftanstalt erzählen sie, die Kettner sei eine Briefbekanntschaft, so 'ne Nudel, die das schick findet, mit einem Knasti anzubandeln.«

»Immerhin hat sie ihn nach seiner Entlassung bei sich aufgenommen.«

Er zuckte die Schultern. »Okay, vielleicht muß sie irgendein Sendungsbewußtsein ausleben. Sie werden schon dahinterkommen. Jedenfalls können Sie Lauenstein bei ihr finden.«

Hoffentlich, dachte ich. Ich wollte sofort hinfahren, dankte Karsten Leonhardt und ging zum Wagen. Dann fiel mir ein, daß ich bisher nur die gute Nachricht gehört hatte. Ich wandte mich nach Leonhardt um.

»He! Die schlechte Nachricht fehlt noch!«

»Die können Sie sich doch denken!« rief er zurück und grinste. »Alles, was ich herausgefunden und Ihnen erzählt habe, weiß auch die Polizei. Die sind eben vom Hof gefahren, als ich in die Haftanstalt rein bin.«

◊

Manchmal funktioniert's. Jemanden trifft ein Schicksalsschlag, aber der hat schon einen Helfer im Schlepptau, der Balsam in die Wunde träufelt. Jemanden, der Hoffnung macht. »Es wird ja alles wieder gut.« So einem vertraut man alles an.

Nach diesem Prinzip funktionieren auch die Vernehmungen. Der erste kommt knallhart, brüllt, läßt die Muskeln spielen und an der Faust schnuppern. Zumindest das. Dann kommt der Freundliche, dem es fast peinlich ist, daß er verhören muß, so zartfühlend ist der. Der weckt in einem das Bedürfnis zu reden, und man packt aus.

Fräulein Kettner wohnte in der Roon-, Ecke Bodestraße, und das war nur wenige Straßenzüge von Beers Haus entfernt. Lauenstein konnte auch ohne Auto mühelos in Beers Nähe gelangen und, geschützt vom Prinz-Albrecht-Park, Beers Anwesen in der Herzogin-Elisabeth-Straße beobachten, falls er es darauf angelegt hatte.

Das Eckhaus war ein bürgerlich-solider, ansehnlicher Bau, frisch verputzt, wie seine Nachbarn. Conny Kettner wohnte in der obersten Etage, dort, wo die Fenster auf Normalgröße geschrumpft waren und man dahinter keine Tanzsäle als Wohnungen vermuten mußte.

So wie der Reporter Leonhardt die Polizei vom Gefängnishof hatte fahren sehen, sah ich einen Polizeiwagen wegrollen, der vor eben diesem Haus gestanden hatte. Ich stellte den Fiat gegenüber am Stadtpark ab, überquerte die Straße und betrat das Haus, in dem sich Dillmanns Knastbruder Peter einquartiert hatte.

Vielleicht funktioniert's, dachte ich, und meinte die Nachlese eines Sanften.

Ich klingelte an Fräulein Kettners Tür, gespannt, was geschehen würde.

Es schepperte und krachte wie zu einem zünftigen Polterabend. Über den Lärm erhob sich eine weibliche Stimme, schrill und wütend.

»Scheiße! Jetzt ist Feierabend hier! Vergessen Sie, was Sie

vergessen haben, und verziehen Sie sich! Bei mir läuft heute nichts mehr!«

Mit sanfter Stimme gab ich ihr durch die Tür zu verstehen, daß ich weder der böse Wolf noch einer von den vierzig Räubern und schon gar keiner von der Kripo sei, sondern nur der nette Georg Eiserbeck aus Passau. Privatdetektiv.

Das letzte Wort sagte ich ihr ins Gesicht. Sie hatte die Tür aufgerissen. Sie wollte sie vor dem Privatdetektiv wieder zuschlagen, aber der hatte den Fuß schon zwischen Tür und Rahmen gestellt.

»Conny», sagte ich liebenswürdig und mit einem kleinen Seufzer, denn sie hatte mir gegen das Schienbein getreten. »Das wissen Sie doch aus Romanen, Funk und Fernsehen, daß Privatdetektive mit der Polizei nichts am Hut haben. Jetzt lernen Sie einen live kennen.«

»Kann drauf verzichten«, sagte sie grantig, aber nicht überzeugend. Sie versuchte nicht mehr, die Tür zuzuziehen, und trat nicht mehr nach mir.

»Tun Sie sich das nicht an«, riet ich sanft. »Kochen Sie uns einen Kaffee, schwarz wie die Sünde, und lassen Sie uns gemeinsam über die Polizei und den ganzen Scheiß wettern, der hier passiert ist.«

Sie sagte, ich sei so beknackt, daß es schon wieder interessant sei, mit mir zu reden, und ließ mich ein.

Der Polterabend hatte zwischen Korridor und Wohnzimmer stattgefunden.

»'n großer Schritt und drüber«, empfahl sie mir.

Sei ging in die Küche, kam mit Besen und Schaufel zurück, ließ die Scherben verschwinden und zog wieder ab. Wenig später zog Kaffeeduft ins Zimmer.

Ich hatte mich in einen schwarzen Sessel vor einem schwarzen Couchtisch mit Glasplatte niedergelassen und sah mich im Zimmer um. Einem Zimmer in Schwarz-Weiß, mit schwarz-weißer Kunst an den Wänden und Fotos, die auch nur diese beiden Farben aufwiesen. Zwei Fotos jagten mich vom Sessel hoch.

Auf dem einen war ein Mann mittlerer Größe zu sehen, kurzes Haar und ernstes Gesicht, er trug einen langen, dünnen Mantel und hatte den Arm um Conny Kettners Schultern gelegt. Auf dem zweiten Foto berührte sein Arm den Lenker einer Honda, einer aufgemotzten Maschine, schwarz und chromblitzend, mit einem Bild auf dem Tank. Was davon zu erkennen war, sah nach einem Monster aus.

Es gab die hohe Scheibe vor dem Lenkrad und den schwarzen Sattelkoffer. Beides hatte Torsten am Motorrad des mysteriösen Fahrers entdeckt, für den er den Lösegeld-Zettel in Beers Briefkasten geworfen hatte. Beides war Britta am Motorrad des Fremden aufgefallen, der sie zu einer Runde durch den Park eingeladen hatte. — Beides fiel gewiß bei achtzig Prozent aller Motorradfahrer auf.

Das Gesicht des Mannes in der schwarzledernen Motorradkluft, der sich mit seiner Honda hatte fotografieren lassen, war nicht zu erkennen. Er trug einen Sturzhelm. Keinen neuen, wie ihn der Jüngling am Nebentisch getragen hatte, sondern einen neuschicken alten, eine Eierschale.

Falls dieser Motorradfahrer identisch war mit dem Mann im langen Mantel auf der anderen Fotografie, und wenn es sich bei dem um Peter Lauenstein handelte, dann ist alles ganz einfach, dachte ich.

Das merkwürdige Fräulein Kettner hinderte mich am Weiterdenken. Sie trug ein Tablett mit Tassen und Kaffeekanne ins Zimmer und stellte alles auf dem schwarzen Tisch mit Glasplatte ab.

Ich wies auf den Mann neben dem Motorrad.

»Peter Lauenstein?«

»Wer denn sonst?« fragte sie zurück.

Wir setzten uns in die schwarzen Sessel, und Conny ließ schwarzen Kaffee in die Tassen fließen.

»Die Polizei hat diese Fotos auch gesehen?« fragte ich.

»Blinde Bullen haben die nicht hergeschickt«, meinte sie grantig. »Ist was besonderes mit den Fotos? Ich meine, die Kripo weiß doch, wie er aussieht?«

»Beers Baby wurde samt Kinderwagen von einem Mann im langen Mantel gekidnappt. Außerdem spielt bei der Geschichte ein Motorradfahrer eine Rolle.«

»Interessant«, sagte sie, »das haben die ...«, sie meinte die Kripo, »mir nicht erzählt.«

Ich kriegte langsam Oberwasser. Ich ließ durchblicken, daß ich ihr noch einiges bieten könnte, wenn sie mich an ihrem Wissen teilhaben ließ.

»Was weiß ich denn schon«, sagte sie ärgerlich und cin wenig resigniert.

»Zum Beispiel wie das mit Ihnen und Peter Lauenstein angefangen hat. Aber bitte ganz von Anfang an.«

Wer sie auf den Einfall gebracht hatte, einem Strafgefangenen zu schreiben, wußte sie angeblich nicht mehr, gestand aber, daß die Idee sie begeistert hatte. (Allerdings nicht aus Sendungsbewußtsein, wie Reporter Leonhardt vermutete.) Pure Neugier auf Unbekanntes und auf Riskantes war es gewesen, und der Wunsch, etwas Besonderes zu erleben. Wer auf sich hält, braucht etwas, was andere nicht haben. Manche halten sich einen Jaguar statt eines Hundes, andere stehen auf Giftschlangen. Conny Kettner legte sich einen Strafgefangenen zu.

Er war die große Enttäuschung.

»Warum?«

»Weil der stinknormal lahmarschig ist«, gestand sie. »Mit

dem passiert überhaupt nichts. Der schlurft in Filzlatschen durch die Wohnung und hält seine Sozialhilfe zusammen. Der will nicht mal was aus'm Knast erzählen.«

»Und das Motorrad?«

»Ist seins. Hat er sich vor der Knastzeit angeschafft und hat's jetzt aufgemöbelt. Damit kurvt er rum und versucht, Arbeit zu kriegen. Als Knasti will der in Braunschweig heutzutage Arbeit finden. Da können Sie doch gleich sehen, wie bescheuert der ist.«

»Hat er Ihnen irgend etwas über Jürgen Dillmann oder Daniel Beer erzählt?«

»Wenn er's mal hätte!« sagte sie wütend. »Von Dillmann weiß ich nur, daß er mit dem im Knast gesessen hat, den Namen Beer kenne ich aus der Zeitung. Und jetzt taucht die Polente bei mir auf und bringt meine Lauenstein-Träne mit so was Aufregendem wie Kindesentführung und Mord zusammen! Mich fragen sie nach Sachen, die ich furchtbar gern gewußt hätte, von denen ich aber keinen blassen Schimmer habe.«

Sie holte tief Luft und atmete mehrmals tief durch.

»Das heißt also«, sagte ich, mehr für mich als für Conny Kettner bestimmt, »Peter Lauenstein bemüht sich, ein anständiger Bürger zu sein, und kriminelle Taten wie Kindesentführung und Mord sind ihm überhaupt nicht zuzutrauen.«

»Hoffentlich heißt es bloß das«, erwiderte sie mit einem drohenden Blick auf die Lauenstein-Motorrad-Fotografie, »hoffentlich heißt es nicht, er hat das alles doch getan, heimlich, ohne mich auch nur ein kleines bißchen dran teilhaben zu lassen.«

Ich hielt Fräulein Conny Kettner für total dußlig, sagte ihr das aber nicht. Ich fragte sie vielmehr und versuchte, es arglos klingen zu lassen, ob sie Lauenstein beigestanden oder sogar mitgemacht hätte, falls er ein Kind entführen und seinen Knastbruder Dillmann umbringen wollte.

»Das weiß ich doch nicht«, sagte sie und wirkte wieder gnatzig. »Auf jeden Fall wäre hier ganz toll was losgewesen. Vielleicht hätte ich ein bißchen Regie geführt. Ich meine, das Kind hätte es hier gut gehabt, und wenn's dann wohlbehalten wieder bei Mami gewesen wäre, hätten wir einen Batzen Geld in die Tasche stecken können. Na und? Warum denn wir nicht auch mal!«

»Hm«, sagte ich und wußte nicht recht weiter, »Aber ein Mord...«

»Ach, hören Sie doch auf mit diesem Scheiß, was wäre wenn! Ich weiß es einfach nicht. Kapito? Vielleicht hätten wir uns auch mächtig in die Wolle gekriegt Oder ich hätte ihn angezeigt. Aber der Kerl hat mir die Möglichkeit genommen, *irgend etwas* anderes zu tun, als dieses lahmarschige Leben zu führen.«

»Und jetzt?« fragte ich.

»Jetzt will ich wissen, was wirklich an ihm dran ist.«

»Sie haben der Polizei verraten, wo er steckt?«

»Ich weiß nicht, wo er steckt«, sagte sie, aber sie war keine gute Lügnerin. Ihr Blick wurde fahrig, und ihre Stimme klang gepreßt. »Aber ich weiß, daß die Polizei mich aushorchen will, ohne mich in ihre Karten gucken zu lassen.«

Sie sah mich an, ich nickte, und ein Weilchen bohrten wir unsere Blicke ineinander.

»Wenn ich ihn vor der Polizei finde, erfahren Sie alles, was ich aus ihm rauskriege, und das ehe die Polizei es erfährt.«

»Ich — kann ihn mir auch selber schnappen.« Es war ein letzter Versuch, ihre Selbständigkeit zu wahren.

»Tun Sie's. Hoffentlich hat er sich in der letzten Stunde so gewandelt, daß er ihnen alles offenbart, was er in den vergangenen Wochen für sich behalten hat.«

»Wieso sollte er Ihnen was anvertrauen?«

Ich lächelte ihr zu, zwinkerte ein bißchen uns sagte mit fröhlichem Selbstbewußtsein: »Weil ich Georg Eiserbeck bin. Weil ich einen Sack voll Menschenkenntnis mit mir rumschleppe und weil es mein Beruf ist, die Leute zum Reden zu bringen. Oder – hat das bei Ihnen etwa nicht geklappt?«

»Sie sind 'n ganz verdammt knackiges Schlitzohr«, sagte sie. Dann bekamen ihre Augen einen sonderbaren Glanz, durch eine gekonnte Beinbewegung rutschte ihr Rock hoch und sie samt ihrem Sessel auf Tuchfühlung an mich heran. »Aber mit Ihnen wäre das Leben bestimmt nicht so tranig...«

»Bestimmt nicht«, sagte ich schnell, »denn ich wäre von vierundzwanzig Stunden dreiundzwanzig nicht zu Hause. Jedenfalls leiden meine Frau und meine fünf Kinder...«

Vielleicht wäre ich glaubhaft gewesen, wenn ich vier Kinder weggelassen hätte. Sie kicherte.

»Wir reden jetzt nicht von Ihrer Frau und den Kindern, die es wahrscheinlich alle zusammen nicht gibt...«

Jetzt fiel ich ihr ins Wort. Jetzt ging es beinahe wie zu einer Talkshow mit Politikern zu.

»Nein«, sagte ich, »Wir reden jetzt über Peter Lauenstein, den es gibt. Wo steckt er?« Sie unterbrach mich wieder, aber ich achtete nicht darauf und redete weiter. Schließlich wollte sie nicht verpassen, was ich von mir gab, und hielt den Mund. »Ich sagte eben, daß ich wissen möchte, wo Lauenstein war, als die Polizei in der Wohnung auftauchte, und wo er sich jetzt aufhält.«

Sie wußte nicht recht, ob sie wütend oder sachlich sein wollte und starrte mich an.

»Wenn Sie meinen, Sie schaffen's alleine«, sagte ich und hievte mich aus dem Sessel hoch.

»Nun rennen Sie mal nicht gleich davon«, rief sie, und rückte eine Kleinigkeit von mir ab. »Also, ich werde es mit Ihnen versuchen.«

Der Peter Lauenstein, sagte sie, habe aus dem Knast nicht nur eine gewandelte Gesinnung, sondern auch ein Magengeschwür mitgebracht. Eines, das tagelang nach Reisschleim und anderem Papperschmatz schrie und ihm mächtig zu schaffen machte. Manchmal so stark, daß er zum Arzt mußte. Heute war er samt seinem Geschwür eben zur Haustür hinaus und auf dem Weg zum Arzt gewesen — wenn er sehr litt, ließ er das Motorrad Motorrad sein und ging zu Fuß —, als die Polizei in Fräulein Kettners Wohnung auftauchte. Sie stand dicht am Fenster und konnte unten auf der Straße ihren Peter sehen.

»Der stand da wie in einen Leimtopp getappt, schnellbindend, versteht sich, hielt das Maul offen und starrte zum Haus rüber«, erzählte sie, »aber das kannte er ja schon, also wird ihm der Polizeiwagen davor zu denken gegeben haben. Plötzlich kriegte er sich wieder flott, Maul zu, in den Knien gefedert und dann ist er losgerannt.«

»Wohin?«

»Kommen Sie mal her«, sagte sie, stand auf und trat ans Fenster. Ich folgte ihr. Durch die dünnen Stores sah ich schräg unter mir die Kreuzung Bode-, Roon- und Grünewaldstraße und dahinter den Stadtpark.

»Da drüben hat er gestanden«. Sie wies zur Grünewaldstraße, Stadtparkseite. »Und da...«, sie meinte die Grünewaldstraße, »ist er auch langgelaufen.«

»Können Sie sich denken, wohin?«

»Zum Öko-Steffen«, sagte sie und nickte, als sei das die schlaueste Idee, die ihr in dieser Woche gekommen war. »Wohin denn sonst«, sagte sie als Bestätigung.

Ich fragte sie, wo Öko-Steffen wohnte.

»Das weiß ich nicht, und ich bin auch nicht sicher, ob Peter das weiß.« Sie drehte dem Fenster, und damit auch mir, den Rücken zu, ging zum Sessel, setzte sich und trank ihren Kaffee aus.

Ich schloß einen Moment lang die Augen, atmete tief durch, hatte mich wieder in der Gewalt und setzte mich zu ihr. So freundlich, wie es mir noch möglich war, fragte ich, wie Peter Lauenstein sich bei Öko-Steffen befinden könne, wenn der dessen Adresse nicht kannte.

»Wahrscheinlich sitzt er in einer Grünwarenkiste drüben am Markt.«

In der Straße hinter dem Stadtpark war zweimal wöchentlich Markttag, erklärte sie mir. Dahin kam auch Öko-Steffen und verkaufte Eigenernte an Obst und Gemüse, ungespritzt, nicht chemisch gedüngt, naturbelassen.

»Ob der abends nicht doch mal auf's Möhrenbeet pinkelt, das weiß ja keiner«, meinte Conny Kettner skeptisch. »Jedenfalls hat Peter sich mit ihm angefreundet und kauft bei ihm Naturkost für sein Magengeschwür.«

◇

An einem Pfosten des Verkaufsstandes war ein Schild angebracht. STEFFEN KOHNER stand darauf, und in kleiner Schrift darunter: Obst und Gemüse aus eigenem ökologischen Anbau.

Das mußte Öko-Steffen sein, bei dem Conny Kettner ihren vor der Polizei getürmten Peter vermutete. Er saß aber nicht, wie sie vermutet hatte, in einer von Kohners Gemüsekisten. Wenn er überhaupt hier war, hatte er sich vermutlich im Lieferwagen verkrochen. Der parkte, wie die anderen Wagen auch, direkt hinter dem dazugehörigen Verkaufsstand.

Herr Kohner bot seine Beeren-, Salat- und Gemüseernte auf einem langen, zusammenklappbaren Tisch an. Ich warf einen flüchtigen Blick darauf und ging weiter, vorbei an den Ständen mit Bettwäsche, Holzwaren, Drogerieartikeln, Süßigkeiten, Fleischwaren, Brot, Kosmetik. Hin und wieder blieb ich stehen, wandte mich um und beobachtete Steffen Kohner.

Er war ein großer, kräftiger Mann in den Vierzigern, hatte eine gesunde Hautfarbe und gut durchblutete Wangen, lebendiger Beweis für die Wirkung von Öko-Waren — falls er seine Ernte auch selbst genoß.

Man stand nicht gerade Schlange vor seinem Stand, aber er hatte zu tun, wenn nicht mit Verkaufen, dann zumindest mit Beratung. Hin und wieder warf er einen Blick zu seinem Lieferwagen, stirnrunzelnd manchmal und immer besorgt, als fürchte er, sein Transportmittel könne ihm hinterrücks gestohlen werden. Zweimal in kurzer Zeit entschuldigte er sich bei seiner Kundschaft und ging zur hinteren Öffnung des Lieferwagens.

Beim ersten Mal schob er eine leere Gemüsekiste hinein, beim zweiten Mal holte er sie wieder heraus. Trotz allem machte er nicht den Eindruck, als habe sich sein Geist verwirrt.

Langsam ging ich auf ihn zu.

Neben Kohner hatte eine Blumenfrau ihren Stand, eine ältere Person mit strengen Gesichtszügen und silbergrauem Haar.

Sie trug ein graues Kleid mit zartgrünen Einfärbungen. Eine Silberdistel im Blumenbeet. Wahrscheinlich hatte sie mich beobachtet und meine neugierigen Blicke auf ihre Pflanzenpracht bezogen.

»Sie sind noch unschlüssig, nicht wahr«, sagte sie mit freundlicher Bestimmtheit, als ich an ihrem Stand vorüber wollte, »aber wir finden das Passende, verlassen Sie sich auf mich.«

Sie hielt mir in der einen Hand einen Strauß bunter Sommerblumen und in der anderen einen Rosenstrauß entgegen.

»Danke, andermal«, erwiderte ich kurz angebunden.

Nebenan lief Herr Kohner schon wieder zum Lieferwagen. Ein Fakt, der mich so beschäftigte, daß ich für die Blumenfrau nicht einmal ein Lächeln übrig hatte. Sie begriff, daß mein Interesse nicht ihren Blumen, sondern Öko-Steffen galt und stellte die Sträuße zurück ins Wasser.

Aus Kohners Wagen klang leise ein gequältes Stöhnen. Wer keine Ahnung hatte, was da vor sich ging, hätte es auch für den Klagelaut eines Tieres halten können. Kohner sagte leise etwas und wollte mit verkniffenen Lippen zum Stand zurück. Ich war seitlich herangetreten und winkte ihm. Mit mißtrauischem Blick kam er auf mich zu.

»Es geht ihm miserabel, nicht wahr?« sagte ich leise, mit einer Kopfbewegung zum Lieferwagen hin.

»Wem geht's miserabel?« fragte er abweisend, und ehe ich antworten konnte, fügte er hinzu: »Und wer sind Sie?«

»Eines nach dem anderen. In Ihrem Lieferwagen windet sich Peter Lauenstein vor Magenschmerzen, und ich bin ein Freund von Lauenstein.«

»Wenn er außer mir noch einen Freund hätte, wüßte ich das«, sagte Kohner.

»Na gut. Kein Freund, aber auch keiner von der Polizei, sondern jemand, der ihm helfen will. — Bevor sein Geschwür durchbricht«, fügte ich hinzu.

Sein verzweifelter Blick huschte zwischen mir und dem Lieferwagen hin und her, und er seufzte leise, wie jemand, der viel zu schnell eine schwerwiegende Entscheidung treffen soll. »In Ordnung«, sagte er schließlich und wandte sich seinen Kunden zu.

Während ich zum Lieferwagen ging, hatte ich das Gefühl, beobachtet zu werden. Ich drehte mich um. Es war Silberdistel, die mir ihre Blicke in den Rücken gebohrt hatte. In die Augen wollte sie mir nicht sehen. Sie senkte den Blick, blieb aber wie angewurzelt stehen, und ich war sicher, falls kein Kunde sie ablenkte, würde sie mich beobachten, solange ich in ihrem Blickfeld war.

Ich kletterte in den Lieferwagen. Draußen schien die Sonne, ich aber war ins Dunkle geklettert und sah vorerst nur schemenhaft eine Gestalt in der Ecke kauern.

»Keine Angst«, sagte ich und kroch auf ihn zu. »Bleiben Sie ganz ruhig. Mein Name ist Georg Eiserbeck, und ich bin nicht von der Polizei.«

Meine Augen hatten sich an das Dunkel gewöhnt, und ich erkannte in der Jammergestalt vor mir den Mann auf dem Foto, das in Conny Kettners Wohnung hing.

»Was wollen Sie denn?« fragte er kläglich, dann krümmte er sich und stöhnte wieder.

»Sieht aus, als sollte ich das vergessen und Sie schleunigst ins Krankenhaus fahren.«

»Vielleicht«, meinte er zaghaft.

Ich sagte ihm, daß ich Privatdetektiv sei und Familie Beer helfen wollte, ihr Baby zurückzukriegen.

»Wo ist da der Unterschied zum Bullen?« fragte er und richtete sich ein wenig auf.

»Vor allem darin, daß die Sie nicht gefunden haben, ich aber vor Ihnen sitze.«

Er grinste schwach. Es schien ihm ein wenig besser zu gehen.

»Weiter«, sagte er.

»Was Sie mir erzählen, kommt nicht gleich ins Polizeiprotokoll, um vor Gericht gegen Sie verwendet zu werden. Das braucht, wenn es drauf ankommt, überhaupt nicht erzählt worden zu sein. Wir beide können alles diskutieren — was mit der Kriminalpolizei auch schwierig sein dürfte.«

»Also gut, Samariter. Ich habe Beers Baby nicht entführt, und ich habe Dillmann nicht umgebracht.«

»Sieh an. Nach Dillmanns Mörder habe ich noch gar nicht gefragt.«

Er hielt sich den Leib und beugte sich vornüber. »Ich kann nicht warten, bis Sie nach und nach alle Katzen aus dem Sack gelassen haben«, sagte er gepreßt.

»Mir soll es recht sein, wenn wir es kurz machen. Sie wollten zum Arzt, haben vor Ihrem Haus ein Polizeiauto entdeckt, sofort den Kurs geändert und sich zu Öko-Steffen geschleppt. Warum?«

»Sie sind bei Conny gewesen«, sagte er statt einer Antwort.

»Na logo. Also, warum haben Sie vor der Polizei das Weite gesucht?«

»Ich möchte nicht noch einmal in irgendeine krumme Sache verwickelt werden.«

»Jetzt sind Sie's, und die einzige Möglichkeit, wieder rauszukommen, sehe ich darin, mir die Wahrheit zu erzählen. Sie können im Moment nicht mehr unternehmen, als sich zum Arzt fahren zu lassen. Wenn Sie unschuldig sind, und ich in Ihrer Geschichte eine winzige Spur entdecke, die zum Entführer von Markus Beer und zu Dillmanns Mörder führt, werde ich die Polizei auf diese Spur lenken und sie auch selbst verfolgen.

»Was wollen Sie wissen?«

Der nächste Schmerzanfall schien sich anzukündigen. Lauenstein zog die Lippen breit und sog geräuschvoll die Luft durch die Zähne. Dann hielt er sich den Leib und stöhnte leise.

»Sagen Sie's mir, wenn ich Sie hier wegbringen soll.«

Er schüttelte den Kopf. »Noch nicht. Also, was wollen Sie wissen.«

»Alles über Jürgen Dillmann. Wie Sie ihn kennengelernt und wann Sie ihn nach Ihrer Entlassung unter welchen Umständen zum letzten Mal gesehen haben.«

Im Telegrammstil erfuhr ich von seiner Bekanntschaft mit Dillmann in der Haftanstalt. »Manche«, sagte er, »werden da drin erst richtig versaut. Bei uns war das anders. Wir hatten beide dasselbe Ziel: raus und neu anfangen. Daran haben wir uns geklammert, und einen Fehler gemacht: Wir haben uns die Sache zu leicht vorgestellt. Über Conny will ich nicht reden.« Er verzog das Gesicht, und diesmal war ich mir nicht sicher, ob vor Schmerz oder vor Enttäuschung. »Wir passen halt nicht zueinander, aber ich stand vor der Wahl, sie oder das Obdachlosenwohnheim. Es hat keinen Sinn, daß ich mir eine Wohnung suche, kann sie ja doch nicht bezahlen. Krieg nur Sozialhilfe.«

Nach drei Jahren Gefängnis hatte er seinen Anspruch auf Arbeitslosengeld verwirkt und mußte beim Arbeitsamt Sozialhilfe beantragen.

»Ist 'ne große Schweinerei«, empörte er sich, »ich habe all die Jahre meine Sozialversicherung gezahlt, wie jeder andere auch und jetzt...« Die Kraft verließ ihn, er preßte die Lippen zusammen.

Mit hunderttausend Mark Lösegeld, dachte ich, hättest du dir schon einen Neuanfang leisten können.

»Dillmann«, fragte ich, »was hat der sich zu leicht vorgestellt?«

»Das versprochene Geld von Daniel Beer zu erhalten. Daß seine Frau die Scheidung wollte und einen anderen hatte, hat ihn wenig gekratzt. Mit der hatte er sowieso nichts mehr am Hut. Die muß eine große Aktie daran gehabt haben, daß Dillmann krumme Geschäfte mit Beer gemacht hat. Die wollte im Grunde genommen nicht Dillmann, sondern Geld, Geld, Geld hat er gesagt.«

»Wie ging es nach Ihrer Entlassung weiter?«

»Ich habe meinem Sozialhelfer erzählt, daß ich mit einer Frau zusammenleben werde, und der hat aufgeatmet. Also bin ich zu Conny ... Dillmann sagte, er wolle vorläufig in Riddagshausen im Gartenhaus wohnen, bis Beer ihn ausgezahlt und ihm eine Stellung verschafft habe, und ich dachte, so würde das bei ihm laufen.«

Er hielt inne. Der neue Schmerzanfall ließ ihn die Zähne zusammenbeißen. Er wußte, daß ich ihn wegbringen würde, und ich wollte ihm das nicht aller paar Minuten aufs Neue anbieten. Ich wartete.

»Dillmann hat auch Pech gehabt«, sagte er. Als er wieder reden konnte.

»Woher haben Sie das erfahren? Hat er Sie besucht, oder sind Sie bei ihm gewesen?«

Er schüttelte den Kopf. »Blanker Zufall«, sagte er, »Wir haben uns auf der Straße getroffen. Er hat mir erzählt, daß Beer das Geld nicht rausrückt. Ich habe Dillmann kaum wiedererkannt ...«

Die Schmerzattacken kamen in kürzeren Abständen und schienen intensiver zu werden.

»Warum?« fragte ich, »Was war los mit Dillmann?«

»Seine Zukunft war im Eimer, was sonst? Er war so verzweifelt und aggressiv, wie ich ihn im Knast nie erlebt habe.«

»Und? Was haben Sie ihm geraten?«

»Geraten? Ich ihm geraten?« Er sprach gepreßt und schnell.

Er wußte, daß er nicht mehr lange durchhalten konnte.

»Haben Sie ihm gesagt, und wenn es nur als dummer Scherz gemeint war, er könne ja eines von Beers Kindern entführen und als Lösegeld die ausstehende Summe fordern?«

»Sehen Sie«, sagte er stöhnend, »sehen Sie, deshalb bin ich vor der Polizei ausgerückt, weil ich Angst hatte, daß man mir was unterstellt, mich irgendwie reinlegt. So — rachedurstig, wie Dillmann an jenem Tag ausgesehen hat, da brauchte ich ihn nicht noch dazu anzuhalten, gegen Beer was zu unternehmen. Kurz darauf stand in der Zeitung, Beers Säugling sei entführt worden. Ich hatte sofort Dillmann in Verdacht.«

Und hast dich reingehangen, dachte ich, hast das Lösegeld verdoppelt, um hundert Riesen abzukriegen und von Conny Kettner wegzukommen.

»Wohin hätte Dillmann den Säugling bringen können? Hatte er Freunde, Verwandte?«

»Ich glaube, der hatte bloß seine beschissene Alte. Zumindest hier in der Gegend.«

Er sprach jetzt abgehackt. Seine Augen glänzten, und wenn er sie zusammenkniff, rannen ihm Schmerzenstränen an der Nase entlang.

»Dann stand in der Zeitung, daß Dillmann in seinem Gartenhaus umgebracht wurde. Von da an war mir mulmig. Nicht zu unrecht, wie ich jetzt merke. Sie denken, ich habe ihn angestiftet, hab irgendwie die Pfoten mit drin ...«

Er schrie auf. Er preßte die Hände gegen den Mund, und als er sie losließ, murmelte er: »Ich krepier. Ich glaube, ich krepiere ...«

Ich zog ihn hoch. »Solange der Arzt das nicht glaubt, haben Sie noch alle Chancen. Ich fahre Sie ins Krankenhaus.«

Wir schleppten uns zur Öffnung, genau auf ein Gesicht zu, verzerrt vor Neugier und Entsetzen.

»Da wird jemand mißhandelt! Hilfe!« Es war Silberdistel.

»Da wird jemandem geholfen«, sagte Kohner, »gehen Sie mal zur Seite und hindern Sie uns nicht daran.«

Er half mir, Lauenstein von seinem Lieferwagen zu hieven und stützte ihn, bis ich mit dem Fiat heran war. Die kurze Zeit hatte genügt, Kunden und Marktbummler von Obst, Gemüse und Blumen abzulenken. Sie blieben stehen, beguckten sich die Dreiergruppe und warteten, was geschehen würde. Als wir Lauenstein in den Fiat schoben, keifte Silberdistel etwas von Entführung und drohte die Polizei anzurufen.

»Ach ja«, sagte ich und wies zu den Telefonzellen neben dem T-Shirt Stand, »darum wollte ich Sie eben bitten.« Ich stieg ein, fuhr los und sah durch das Heckfenster, wie sie zu ihrem Blumenstand zurückging.

Peter Lauenstein, der neben mir saß, biß sich vor Schmerzen in den Handknöchel. Wenn alles so war, wie er es mir erzählt hatte, hätte er vor der Polizei nicht davonzulaufen brauchen, dachte ich. Aber was weiß man schon, was in einem Menschen wirklich vorgeht? In einem gebrannten Kind wie Lauenstein, das plötzlich eine Feuerlawine auf sich zukommen sieht? Jedenfalls war ich nicht leichtgläubig genug, ihm seine Geschichte so ohne weiteres abzunehmen.

Kurz vor dem Krankenhaus nahm er die Hand vom Mund und atmete etwas ruhiger.

»Fährt Dillmann Motorrad?« fragte ich unvermittelt?

»Kann ich mir nicht vorstellen. Hat nie was davon erzählt.«

»An dem Tag, an dem Sie ihn getroffen haben, waren Sie da mit Ihrem Motorrad unterwegs?«

Er schüttelte den Kopf.

»Hatten Sie an, was Sie heute tragen?«

Wieder Kopfschütteln. »War kühl«, stammelte er, »hatte den Mantel drüber.«

»Den modernen, langen?«

Diesmal nickte er. »Conny hat ihn mir gekauft.«

◊

Die nötigen Telefonate führte ich vom Hotelzimmer aus. Zuerst meldete ich mich bei der Kriminalpolizei. Da ich nicht wußte, wer die Ermittlungen um das verschwundene Kind leitete, aber Hauptkommissar Merkheim von der Mordkommission kannte, meldete ich mich bei ihm. Ich erzählte ihm, wo ich Peter Lauenstein aufgegabelt hatte und in welchem Krankenhaus er zur Zeit lag, notoperiert.

»Solange der noch einen Pieps sagen konnte«, meinte der Hauptkommissar, »haben Sie ihn natürlich ausgequetscht ...«

»Ich muß doch bitten! Sagen wir, ich habe ihn von seinen Schmerzen abgelenkt.«

»Was ist dabei rausgekommen?«

»Er beteuert, daß er weder mit der Entführung noch mit dem Mord etwas zu tun hat.«

»Das Unschuldslamm ist vor uns ausgerissen!« rief Merkheim ärgerlich.

»Die Welt ist voller Widersprüche.«

Mit dieser Weisheit verabschiedete ich mich von ihm und rief den Reporter Karsten Leonhardt an.

»Na?« fragte er erwartungsvoll. »Was hat mein Tip gebracht?«

»Einen Mann mit einem Magengeschwür, den ich ins Krankenhaus gefahren habe. Einen unschuldigen natürlich.«

Damit gab er sich nicht zufrieden. Er wollte Einzelheiten, wollte, daß ich ihm unser Gespräch rekonstruierte, nicht am Telefon, sondern bei einem Treffen, sofort. Ich sagte ihm, die Sache sei noch nicht reif für eine Zeitungsgeschichte, aber wenn sie es sei, würde er davon erfahren.

Ich legte auf, ehe er etwas erwidern konnte. Ich wollte nicht, daß dieser Fall noch einmal in der Zeitung erwähnt wurde, bevor das Baby in Sicherheit war und die Polizei wußte, wo sich das Lösegeld befand.

Spekulationen darüber hätten womöglich ganze Scharen von Schatzsuchern auf den Plan gerufen.

Zuguterletzt wählte ich Conny Kettners Telefonnummer.

»Na endlich!« rief sie, als ich mich gemeldet hatte. »Ich dachte schon, ihr macht 'ne Öko-Fete bei Steffen. Gibt's was Interessantes?«

»Ist Ihnen eine Notoperation interessant genug?«

»Operation?« fragte sie zurück, als mühe sich ihr Hirn, mit einem bislang unbekanntem Wort zurechtzukommen. »Soll das heißen, Peter ist operiert worden?«

»Als ich ihn im Krankenhaus abgeliefert habe, wurde mir gesagt, daß sie es tun müßten.«

»Ogottogottogott!«

»Conny«, sagte ich beschwichtigend, »ich habe nicht gesagt, daß er gestorben ist.«

»Sie Unmensch! Wie können Sie so ein Wort überhaupt in den Mund nehmen!«

Sie wollte wissen, in welchem Krankenhaus Lauenstein lag, und ich sagte es ihr, und dann wurde Peter zum lieben Peterchen und zu ihrem Peterlein. Sie fragte, was sie dem armen Kind nach einer Operation zu essen und zu trinken hinbringen könne, und ich mußte an mich halten, um nicht Eisbein mit Sauerkraut zu empfehlen. Sie würde es fertigbringen, ein ganzes Schwein und ein Faß voll Sauerkraut in Lauensteins Krankenzimmer zu schaffen.

Ich riet ihr, sich bei der Stationsschwester nach Besuchsmöglichkeiten und -bedingungen zu erkundigen, und bekam ein schlechtes Gewissen, kaum daß es heraus war.

Womöglich stand der Schwester nach Connys Anruf ein vorübergehender Aufenthalt in der Psychiatrie zu.

Conny bedankte sich überschwenglich bei mir, versicherte, alles zu tun, um das liebe Peterleinchen bald wohlbehalten wieder zu Hause zu haben und legte auf.

Karsten Leonhardt hatte vermutet, Conny könne einer bestimmten Art von Sendungsbewußtsein verfallen sein. Mir war eben klar geworden, daß von allen Macken, denen Conny frönte, diese zu ihren leidenschaftlichsten gehörte.

13

Frau Beer hatte ihren Mann besuchen dürfen — im Krankenhaus. Herzinfarkt. Sein Körper, sein Geist, vor allem aber seine Seele, meinte Frau Beer, konnten die Ereignisse der letzten Tage nicht verkraften. Kurz zuvor hatte er Kommissar Merkheim noch einmal versichert, in Dillmanns Gartenhaus habe sich alles so abgespielt, wie er es der Polizei berichtet hatte: die Tür offen, Dillmann erdrosselt und an einen Stuhl gefesselt, er hinterrücks niedergeschlagen, und als er aufwachte, fehlte das Lösegeld. Keine Spur von seinem Sohn. Er beteuerte, daß er die hunderttausend Mark bei sich gehabt habe. Als der Detektiv Eiserbeck ans Fenster klopfte, hatte er sich zur Tür geschleppt, die jetzt verschlossen war. Der Schlüssel, daran erinnerte er sich nun, lag auf einem Schränkchen neben der Tür.

Frau Beer beendete ihren Bericht mit der Bemerkung: »Er sagt die Wahrheit.«

Ich schwieg. Vielleicht hatte sie recht, und alles hatte sich so mysteriös abgespielt, wie Daniel Beer es immer und immer wieder schilderte. Es konnte natürlich auch eine erfundene Geschichte sein, von der er sich keine Abweichung erlauben durfte. Noch immer war alles offen.

Ich saß in Beers Wohnzimmer bei einer Tasse Kaffee. Frau Beer drehte nervös den zierlichen Kaffeelöffel zwischen den Fingern.

»Wenn nicht mal Sie ihm glauben …«, sagte sie leise und resigniert.

Ich wollte sie weder belügen, noch meine Gedanken mit ihr diskutieren. Ich fragte sie, ob sie oder ihr Mann einen Verdacht hätten, wo man Markus versteckt hielt.

Der Kaffeelöffel fiel geräuschvoll auf die Untertasse. »Wenn Dillmann ihn genommen hat, hätte er ihn wohl irgendwo in der Gartenkolonie versteckt. Versteckt!« wiederholte sie schluchzend. »Er ist kein Gegenstand, den man irgendwo abstellt, er muß versorgt werden …«

»Die Gartenkolonie«, sagte ich schnell, um sie von ihrem Schmerz abzulenken, »ist von der Polizei Meter für Meter durchsucht worden.«

»Aber wohin hat Dillmann ihn dann gebracht!« rief sie. »Wir wissen nichts über Verwandte und Bekannte von ihm. Wenn aber Dillmans Mörder unseren Markus mitgenommen hat, dann …« Sie schluchzte. »Wie hoffnungslos das alles ist.«

Es gibt Situationen, in denen jedes Trostwort banal klingt. Die einzige echte Hilfe für sie war, die Hoffnungslosigkeit zu verleugnen und weiter nach ihrem Kind zu suchen.

»Frau Beer, bitte, konzentrieren Sie sich auf meine Frage: Wo hat sich Ihr Mann mit Jürgen Dillmann getroffen, wenn sie ihre Geschäfte besprochen haben?«

»Das weiß ich nicht. Er hat mir nur gesagt, daß man ihm nichts nachweisen konnte, habe er zum großen Teil ihren streng konspirativen Absprachen zu verdanken. Für Außenstehende, selbst für mich, sah das so aus, als habe er den

Kunden nur Dillmanns Name und Telefonnummer genannt. In Wirklichkeit haben sie miteinander Möglichkeiten, Probleme und gegenseitige Bedingungen diskutiert. Wo?« Sie zuckte die Schultern. »Er hat nur gesagt, an Orten, wo uns niemand zusammen gesehen hat, manchmal nicht weit von hier, manchmal etwas entfernter.«

Nun lag Daniel Beer auf der Intensivstation und konnte uns keine Auskunft geben, aber die Zeit drängte.

»Frau Beer, Sie können trotzdem eine Ahnung davon haben. Überlegen Sie, wenn Ihr Mann nicht ins Büro, sondern zu einem Kunden gegangen ist, vielleicht hat er manchmal irgendetwas über die Gegend erzählt, einen langen oder schwierigen Anfahrtsweg erwähnt. Hat er sich manchmal anders gekleidet als sonst? So, als wolle er eine renommierte Gaststätte oder Bar aufsuchen, oder eher, als fahre er zu einem Treffen in ländlicher vielleicht unwegsamer Gegend?«

Sie stützte den Arm am Tisch ab und preßte die Hand gegen die Stirn. »Ich weiß nicht. Das ist jahrelang her, und ich kann mich nicht daran erinnern.«

»Das schaffen Sie schon noch«, sagte ich, »lassen Sie sich Zeit und stellen Sie sich diese Situation immer wieder vor. Rufen Sie mich an, wenn Ihnen irgend etwas einfällt.«

Ich wollte mich erheben, als die Tür einen Spalt aufgezogen wurde.

»Hallo Britta!« rief ich, ohne jemanden gesehen zu haben. Ihr blonder Wuschelkopf schob sich durch den Spalt und verschwand wieder.

»Wer lauscht denn da?« fragte ich schnell, »Grashüpfer oder Butterblümchen?«

Sie stieß die Tür auf. Im rosafarbenen Rock und einem buntgemusterten Pullover stolzierte sie ins Zimmer, den Kopf im Nacken und mit einem triumphierenden Blick, als habe sie mich gehörig hereingelegt.

»Guten Tag, Buntspecht.«

Sie preßte die Lippen zusammen und gluckste vor Lachen.

Ich hielt ihr die Hand hin, und sie kam zu mir.

»Ich weiß nicht, Herr Eiserbeck«, sagte sie in ihrer reservierten altklugen Art, »irgendwie bist du unwiderstehlich.«

»Hoffentlich erinnerst du dich in zehn Jahren noch daran.«

Sie setzte sich zwischen ihre Mutter und mich und fragte: »Was machst du jetzt?«

Auch Frau Beer sah mich erwartungsvoll an.

»Ich werde noch einmal nach Riddagshausen fahren. Es ist nur so eine Idee.«

An Frau Beers Blick erkannte ich, daß sie von dieser Idee nicht viel hielt. »Sie sagten doch, die Laubenkolonie sei von der Polizei bereits abgesucht worden.«

»Vielleicht kann sich im Ort jemand an etwas erinnern, was ihm bislang unwichtig erschienen ist. Ich werde mich auch im Kloster umhören und umsehen.«

»Und zur Birkenmusik gehen?« fragte Britta.

»Wie bitte?«

Frau Beer und ich hatten gleichzeitig gefragt und Britta rief: »Stereo!«

Ich wollte wissen, was Birkenmusik ist.

»Wenn Musik aus einer Birke kommt.«

»Und wo gibt es das?«

»Wo wir im Garten, gleich an der Straße, Bratfisch und Kartoffelsalat gegessen haben. Papa und ich«, fügte sie hinzu, als habe sie meine nächste Frage geahnt.

Ihre Mutter wollte wissen, wann das gewesen sei.

»Och, da war ich noch klein.«

»Habt ihr Bekannte getroffen?« fragte Frau Beer.

»Klar. Aber damals habe ich ihn noch nicht gekannt.«

»Wen denn?«

Frau Beer hatte Mühe, ihre Erregung zu verbergen. Wir sahen uns an, als habe jemand ein fehlendes Puzzle gefunden, mit dem wir unser Bild vervollständigen konnten.

»Kevin«, sagte Britta, »er ist älter als ich und hat dort seine Limonade getrunken. Er hatte einen kleinen Hund mit, und mit dem haben wir gespielt, bis Papa zurück war.«

»Zurück?« Diesmal war ich es, der fragte.

Sie runzelte die Stirn über soviel Begriffsstutzigkeit.

»Papa wollte sich das Kloster angucken«, sagte sie, »schließlich ist das berühmt.«

◊

Ich fuhr nach Riddagshausen, fuhr, von der Nordseite kommend, im Schrittempo durch das Tor des alten romanischen Torhauses. Früher saß dort der Pförtner, um die Fremden zu empfangen und die Almosen der Mönche an die Armen zu verteilen. Um das zu erleben, kam ich Jahrhunderte zu spät. Mich empfing niemand, und dort, wo einst die Armen mit Almosen bedacht wurden, lockten Ansichtskarten und Souvenirs von Kunst bis Kitsch den Besuchern das Geld aus der Tasche.

Da ich früh losgefahren war, traf ich vor der Öffnungszeit ein. Der Souvenirladen war geschlossen, und der erste Besuchersturm mochte sich irgendwo fernab formieren. Über Kopfsteinpflaster fuhr ich langsam in den ältesten Teil des Ortes hinein, links das Kloster, rechts stille Fachwerkhäuser, niedrig gebaut, weiß wie Schnee und schwarz mit oder wie Ebenholz und bilderbuchschön.

Daß man auch anders als märchenhaft bauen kann, bewies das Haus Kirchlicher Dienste, streng und nüchtern neben das Kloster gesetzt.

Mich interessierte die breite Zufahrt zu einem Parkplatz, der sich hinter diesem Kirchenhaus befand. Dort stellte ich meinen Fiat ab, stieg aus und ging zur Klosterkirche hinüber. Auch hier war alles noch morgendlich still. Ein guter Ort, dachte ich, um sich unbemerkt zu treffen, und das galt für Liebespaare genauso wie für Geschäftsleute, die den großen riskanten Deal planen, oder für zwei Gauner, die ein Kind entführen wollen.

Zwischen Pforte und Kirchenportal befanden sich einige Gräber, aufgefressen vom Efeu, der gierig an den alten Grabsteinen hochkroch. Am wuchtigen, doppeltürigen Hauptportal verkündete ein Zettel, daß die Kirche ab 11.00 Uhr zu besichtigen sei. Bis dahin blieb mir noch eine Stunde.

Ich umrundete die Kirche in der Hoffnung, einem Kirchendiener, Fremdenführer oder wem auch immer zu begegnen, jemandem, der hierher gehörte, und an den ich ein paar Fragen loswerden konnte. Ich sah nichts als Quader, Hau- und Bruchsteine zu einem gewaltigen Mauerwerk verarbeitet, schmucklos und gerade deshalb eindrucksvoll.

Wieder am Hauptportal angelangt, hatte ich noch immer fünfzig Minuten Zeit bis zur Öffnung. Ich warf einen Blick auf die Himmelskönigin in der Nische über dem Eingang. Vielleicht wußte sie etwas von geheimen Geschäftsabsprachen oder Kindesentführung, aber sie schwieg steinern. Ich wandte ihr den Rücken und ging zum Ausgang, vorbei an Amtmann Nehrkorns letzter, grüner Ruhestätte. Nach ihm ist eine Riddagshausener Straße benannt, was uns beiden ziemlich gleichgültig war.

Ich ließ den Fiat stehen und beschloß, die Zeit bis zur Kirchenöffnung für einen Spaziergang zu Dillmanns Gartenhaus zu nutzen. Vielleicht folgte ich damit dem Weg des Mörders, was immer das bedeuten mochte. Ich überquerte auf steinernen Brücken zwei Bächlein und folgte dem Lauf des zweiten Baches in Richtung Laubenkolonie. Die Luft war kühler als an den vorangegangenen Tagen und der Himmel voller leichter, durchsichtiger Wölkchen. Ansonsten war die Welt hier draußen noch immer weit und grün und bot ein Bild des Friedens.

Meine Gedanken schweiften ab zu Dillmann, der hier für eine kurze, böse Zeit zu Hause gewesen war, ehe er ermordet wurde, und auch zu Daniel Beer, der bestritt, mit diesem Mord etwas zu tun zu haben. Seltsamerweise nahm ich ihm das eher ab als seine Behauptung, mit hunderttausend Mark Lösegeld in Dillmanns Gartenhaus gekommen zu sein. Daniel Beer hatte von dem Tag an, an dem sein Sohn verschwunden war, ziemlich viel Ungeschicklichkeit bewiesen, und das alles und immer wieder, um möglichst materiell unbeschadet die Dinge gerade zu rücken. Dillmann umzubringen, konnte nicht in seinem Konzept gestanden haben. Schließlich wollte er polizeiliche Ermittlungen nicht auf sich ziehen, ihm lag daran, sie von sich abzulenken.

Auf der Straße überholten mich einige Pkw und Motorräder. Ich konnte sie zusammen an einer Hand abzählen. In der Gartenanlage dösten die Grundstücke, Lauben und Wochenendhäuser dem Wochenende entgegen, an dem sie wieder zu Ehren kommen würden. An Arbeitstagen waren ihre Besitzer mit Geldverdienen beschäftigt. Ich warf einen Blick in die Runde, entdeckte aber nichts Aufregendes. Dillmanns Gartenhaus strahlte noch immer Totenstille aus, und das Gartentor war versiegelt.

Ich überquerte die Straße und ging hinüber zum Lünischteich. Betrieb machten hier nur die Enten. In Scharen schnatterten sie miteinander, watschelten an Land, tauchten ins Wasser, Schwänzchen in die Höh.

Warum hatte Daniel Beer damals seine Tochter in einem Imbiß an der Ebertallee abgesetzt, ehe er zur Klosterkirche ging? Er hätte Britta mitnehmen können, falls er nichts anderes vorgehabt hatte, als die Kirche zu besichtigen. Warum hatte er ihr einen Spaziergang am Bach entlang vorenthalten, den Lünischteich mit seinen Enten und die alte Mühle, die man von hier aus sieht? Sie ist noch in Betrieb und für Kinder ebenso interessant wie für Erwachsene. Man fährt nicht nach Riddagshausen, um ein Kind neben der Hauptstraße abzustellen, einen Rundgang durch die Kirche zu drehen, sein Kind wieder aufzulesen und nach Hause zu fahren.

Ich war sicher, daß Daniel Beer sich zu Absprachen mit Dillmann nicht in dessen Gartenhaus, sondern in oder an der Klosterkirche getroffen hatte. Das war zwei bis drei Jahre her. Was mir noch heute daran interessant erschien, war folgende Überlegung: Dillmann konnte dieser einsame Klosterhof für gemeinsame Absprachen so ideal erschienen sein, daß er ihn nach seiner Haftentlassung wieder benutzt hatte. Für einen Treff mit seinem Partner zum Beispiel, den es allem Anschein nach gab und der von Riddagshausen aus mit Frau Beer telefonierte und die doppelte Summe Lösegeld gefordert hatte. Von der Klosterkirche aus konnte er in wenigen Minuten zu Fuß und unauffällig zu Dillmanns Gartenhaus gelangt sein, so wie ich das eben getan hatte.

Ich sah zur Uhr. In zehn Minuten öffnete sich das Portal der Klosterkirche für ihre Besucher. Ich lief an einem Sportplatz vorbei und zwischen Lünischteich und der Windmühle zurück zum Brückenpfad und von da aus durch das Südtor zur Kirche.

14

Die schwere Tür des Hauptportals schlug stöhnend und schließlich mit einem dumpfen Knall hinter mir zu. Eine weibliche Besucherin rief: »Huch!« Zwei junge Mädchen, die sich am Verkaufsstand neben der Tür Fotos, Prospekte und Bildbände ansahen, blickten auf und kicherten. Ein Mann mit Fotoapparat auf dem Kugelbauch fuhr herum und wollte den Apparat an die Augen heben. Ich zuckte die Schultern und grinste verlegen.

»Dieser kelchförmige Taufstein von fünfzehnhundertzweiundsechzig«, sagte der Führer, der diejenigen, die sich für seine Erklärungen interessierten, durch die Kirche leitete — und jetzt hob er die Stimme, um wieder beachtet zu werden —, »ist das älteste Ausstattungsstück der Klosterkirche.«

Ich hielt mich in respektvoller Entfernung. Der Taufstein, den er jetzt erklärte, stand im ersten Drittel des Kirchenschiffes. Ich versuchte auszurechnen, wie lange es dauern mochte, bis er das bildschöne Kanzelwerk mit seinen dekorativen Schnitzwerken, den Altar, die Orgel und alle anderen Sehenswürdigkeiten erklärt hatte. Nach fünf Minuten entdeckte ich eine geöffnete Seitentür und entwich ins Freie.

Ich ging an einer mächtigen Buche vorbei über den Klosterhof bis zu jener Umzäunung, die das Kloster von der Gärtnerei trennt. Das Tor stand offen. Ein junger Mann in Stiefeln und Arbeitskleidung schaufelte Erde in eine Schubkarre. Ich ging auf ihn zu und grüßte.

»Na?« fragte er, »kein Interesse am Innenleben?« Er nickte zur Kirche hinüber.

»Zur Zeit nicht«, erwiderte ich, »mir brennt grad was anderes auf den Nägeln.«

»So?« Er stieß die Schaufel in die Erde, daß sie aufrecht stecken blieb und sah mich an. »Wollen Sie's loswerden?«

»Deshalb bin ich hergekommen. Aber an einem Wochentag im Herbst machen sich in Riddagshausen die Gesprächspartner rar.«

»Sie haben die falsche Ecke erwischt«, sagte er. »Vorn an der Straße sind paar gute kleine Lokale und ein feines Hotel. Dort finden Sie auch Gesellschaft.«

Er bot mir eine Zigarette an, ich lehnte ab, und er zündete sich eine an.

»Das Riddagshausen meine ich nicht.«

»Sondern?«

»Das, in dem ein Mord geschehen ist«, sagte ich, »und das einsame zwischen Nord- und Südtor mit dem stillen Klosterhof. Alles Plätze, die zu heimlichen Absprachen für geheime Pläne taugen. Vielleicht sogar, um in einem der kleinen, verschlossenen Fachwerkbauten ein Kind zu verstecken.«

»Bulle?« fragte er.

Ich schüttelte den Kopf, zeigte ihm meine Lizenz und stellte mich vor. Ich sagte, daß ich ganz gerne mit dem

Mann gesprochen hätte, der täglich Besucher durch die Kirche führte, in der Hoffnung, daß dem vor Tagen, als der Mord passierte, oder kurz zuvor, etwas aufgefallen sei. Irgend etwas, das nicht in das gewohnte, alltägliche Bild paßte.

»Dem fällt vielleicht auf, wenn jemand den Taufstein aus der Kirche getragen hat, falls so was möglich ist«, sagte mein Gesprächspartner, trat seine Zigarette aus und grinste, »aber sonst bemerkt der nichts.«

»Und Sie? Was bemerken Sie alles?«

Er zuckte die Schultern. »Ich bilde mir ein, wenn hier jemand ein Baby hätte, das er vorher nicht gehabt hat, das würde mir auffallen. — Meine Eltern und Großeltern sind schon hier geboren, und den Riddagshausener, den ich nicht kenne, der soll sich mal bemerkbar machen.« In dem letzten Satz schwang eine leichte Drohung mit. »Das gilt natürlich nicht für die Laubenkolonie«, meinte er ein wenig verächtlich, »von denen sich auch einige Riddagshausener nennen. — Großkotze!« Er spuckte im hohen Bogen über den Erdhaufen, in dem seine Schaufel steckte. »Die sind und bleiben Fremde. Die wissen nichts über den Ort und die Kirche, die interessieren sich bloß für ihren Birnbaum und die Kohlköpfe.«

»Da bin ich ja der reinste Glückspilz«, sagte ich, und jetzt war ich mit dem Grinsen an der Reihe, »daß ich Sie getroffen habe.«

»Was wollen Sie denn von mir wissen?« Er griff nach der Schaufel, als bräuchte er eine Waffe, mit der er die erste Attacke abwehren konnte.

»Sie arbeiten hier in der Gärtnerei?«

Er nickte.

»Selbst wenn das Tor nicht wie jetzt offen steht, haben Sie einen guten Einblick in den Klosterhof.«

Er nickte wieder und fügte hinzu: »Manchmal bin ich auch drüben.« Er bohrte die Spitzen seiner Gummistiefel in den Erdhaufen. »So wie heute. Da tun wir ein gutes Werk und sponsern denen paar Schubkarren gute Erde.« Er grinste.

»Ist Ihnen, bevor der Mord geschah, jemand aufgefallen, der sich außerhalb der Besuchszeit in oder vor dem Klosterhof aufgehalten hat?«

Er ließ die Schaufel los und zuckte die Schultern. »Passiert selten, daß einer nichts weiter will als einen Blick auf die alten Bäume werfen oder die paar Grabinschriften vor dem Portal studieren, und wenn's einer tut, störe ich ihn nicht dabei und schnüffele ihm auch nicht hinterher.«

Ich nickte, als sei nichts anderes zu erwarten gewesen, aber so schnell gebe ich nicht auf. »Ich dachte an jemanden, der den Eindruck machte, verabredet zu sein«, sagte ich, »und mehr oder weniger ungeduldig auf seine Verabredung wartet. Oder für zwei, die sich hier getroffen haben und sich mehr für das interessieren, was sie sich erzählen, als für Kirche, Bäume und Grabinschriften.«

»Könnte schon mal vorgekommen sein«, sagte er unsicher, »aber was Genaues kann ich Ihnen zu dem Thema nicht sagen.«

Ich startete einen letzten Versuch. »Vor vier Tagen«, sagte ich, nannte ihm das genaue Datum und den Wochentag, »als drüben in der Laubenkolonie ein Mann namens Jürgen Dillmann umgebracht wurde, ist Ihnen da irgendwer oder irgendwas aufgefallen? Es kann etwas Nebensächliches sein, das mit dem Mord anscheinend überhaupt nichts zu tun hat.«

Er ließ die Schaufel los, zündete sich noch eine Zigarette an und rauchte ein paar Züge. »Na, wenn Sie meinen«, sagte er schließlich, »dann erzähle ich Ihnen eben den ganzen Stuß.«

Er wies mit dem Daumen in Richtung Kirche. »Hinter

der Kirche steht das Haus Kirchlicher Dienste, vielleicht haben Sie es gesehen.«

»Auf dem Parkplatz dahinter steht mein Fiat«, warf ich ein.

»Aha«, meinte er zufrieden, »dann werden Sie sich alles vorstellen können. Also, die im Kirchenhaus sind gute Kunden von uns, und an dem Tag, den Sie meinen, hatte einer Geburtstag, und ich bin mit einem großen Blumenstrauß zum Gratulieren rüber.«

»Um wieviel Uhr war das?« fragte ich. Hatte er kurz vor oder erst nach Feierabend gratuliert, sanken meine Chancen, etwas Brauchbares zu erfahren.

»Gleich nach dem Frühstück, als es noch ruhig war«, sagte er, »Und ich bin auch nicht länger als zwanzig Minuten drinnen gewesen. Als ich rauskam, zog auf der Straße ein blauer Japaner vorüber ...«

»Wie bitte? Wer?«

»Mitsubishi«, sagte er, ein wenig mokant wegen meiner Begriffsstutzigkeit. »Der bog neben dem Haus in die Zufahrt zum Parkplatz ein. Kaum war er dort, hörte ich Türen schlagen und laute Stimmen.«

»Der Parkplatz war am Vormittag schon voll?«

Heftiges Kopfschütteln. »Ach wo. Ein einsamer Opel stand dort. Sein Besitzer war wohl eben eingestiegen und wollte losfahren, als der blaue Japs auf ihn zusteuerte und ihn streifte.«

»Absichtlich?« fragte ich gespannt.

»Ach wo. Sonst wäre es ihm doch nicht so peinlich gewesen. Aber das muß man sich mal vorstellen, auf einem Parkplatz, auch wenn der nicht so groß ist wie ein Fußballplatz, den einzigen Wagen zu streifen, der dort steht!«

»Kann passieren, wenn der Fahrer nervös ist und seine Gedanken sonstwo hat, nur nicht beim Einparken.«

»Den Eindruck hat er allerdings gemacht«, bestätigte mein Ureinwohner von Riddagshausen. »Ich bin an der Hauswand entlang auf den Parkplatz zugegangen, für den Fall, daß die beiden einen Zeugen brauchen. Sie sind auch sofort ausgestiegen und haben sich die Schramme besehen, und der Mitsubishi-Fahrer hat unentwegt auf den anderen eingeredet.«

»Konnten Sie was verstehen?«

»Nicht jedes Wort, aber ich habe mitgekriegt, daß ihm weder an der Polizei noch an einem Zeugen gelegen war, und damit hat er mich neugierig gemacht. Ich bin geblieben. Ich war in Arbeitsklamotten und hab' mich ein bißchen an dem alten Zaun zu schaffen gemacht. Irgendwie hat es der Mitsubishi-Mensch hingekriegt, den anderen zu beruhigen. Er hat seine Brieftasche gezogen und ihm was in die Hand gedrückt. Sie haben auch beide etwas auf Zettel geschrieben und die ausgetauscht, ihre Adressen nehme ich an.«

Wenn einer unerkannt bleiben will, gibt er niemandem seine Adresse, es sei denn, er hat eine falsche aufgeschrieben.

»Wie ging's weiter?«

»Der Opelfahrer ist vom Parkplatz weggefahren und durchs Nordtor verschwunden. Der andere hat seinen Wagen abgeschlossen und ist auch los.«

»Zur Kirche.«

»Eben nicht. Der ist durch's Südtor spaziert ...« Er hielt inne und lauschte seinen Worten nach. »Verdammt«, sagte er, »sollte der zur Laubenkolonie gegangen sein?«

Ich sagte, das sei möglich, und wußte, dieser Fahrer konnte sonstwer sein. Aber er war nervös gewesen, hatte offensichtlich seine Identität nicht preisgeben wollen und war zu Fuß in Richtung Laubenkolonie spaziert, obwohl er dahin auch hätte fahren können.

»Woher ist er denn gekommen?« fragte ich, »haben Sie sich das Nummernschild angesehen?«

Er nickte und sagte: »Bevenrode.«

Bevenrode, Dillmanns ehemaliger Wohnsitz. Wieder mal paßte nichts zusammen. Dillmanns alter VW hatte vor der Laubenkolonie gestanden. Außerdem wohnte er im Gartenhaus und brauchte nicht in diesem fremden Wagen anzureisen ...

Der Gärtner unterbrach meine Grübeleien. »Ich kann Ihnen auch erzählen, wie der Mann ausgesehen hat«, sagte er.

»Prima. Lassen Sie mich mal raten. Er war von kleiner Statur, hatte dunkle Haare und ein Gesicht, blaß wie ein Kuchenteig.«

Er erwiderte, ich läge völlig daneben, und beschrieb einen Mann von etwa meiner Körpergröße, einen Mann der mehr und mehr dem ähnelte, den ich bei Conny Kettner auf einem Foto an der Wohnzimmerwand gesehen und später vom Markt aus ins Krankenhaus gefahren hatte: Peter Lauenstein. Hatte Öko-Steffen ihm einen Wagen aus Bevenrode besorgt?

Mir war klar, daß ich über diese Angelegenheit noch eine Weile zu grübeln hatte, dankte meinem echten Riddagshausener Jüngling und wollte mich von ihm verabschieden. Er sah mich an, als habe ich nicht alle Tassen im Schrank.

»Der Clou vom Ganzen kommt doch noch«, sagte er.

Ich starrte ihn an. »Und der wäre?«

»Der Wagen stand am Abend immer noch da, und am nächsten Tag auch noch. Den würden Sie wahrscheinlich noch heute auf dem Parkplatz bewundern können, wenn ich nicht die Polizei benachrichtigt hätte.«

»Und? Was ist dabei rausgekommen?«

»In Bevenrode hatte jemand den Wagen als gestohlen gemeldet.«

◊

Im Haus Kirchlicher Dienste wurde ich mit sanfter, unverbindlicher Freundlichkeit behandelt. Mein Anliegen fiel offensichtlich aus dem Rahmen. Ich wollte wissen, wer vor vier Tagen am frühen Vormittag hier mit einem Opel aus Wolfsburg zu Besuch gewesen war. Ich zückte meine Lizenz, erklärte in Stichworten, um was es ging, und redete mit Engelszungen. Etwas davon zeigte Wirkung, und ich erfuhr, daß ein Pfarrer aus Wolfsburg hier gewesen war. Ob mit Opel oder nicht, darüber wußten sie nicht Bescheid, nannten mir aber seinen Namen und die Telefonnummer. Sie boten mir das hauseigene Telefon für einen Sofortanruf an.

Der Pfarrer, dessen Nummer ich wählte, hieß Kalisch, und als ich ihn nach der Adresse des Mitsubishi-Fahrers fragte, der vor vier Tagen seinen Opel gestreift hatte, wollte er sofort wissen, ob ich von der Polizei wäre. Ich klärte ihn kurz auf, und er las mir Namen, Adresse und Telefonnummer vor, die ihm der Mitsubishi-Fahrer zugesteckt hatte. Es war ein Herr Ortmann aus Bevenrode.

»Irgendwie kommt mir die ganze Geschichte seltsam vor«, meinte der Pfarrer, »obwohl ein Herr Ortmann unter der angegebenen Nummer im Telefonbuch steht. Auch die Adresse stimmt.«

»Sie haben sich bei ihm gemeldet?« fragte ich gespannt.

»Ich habe ihn angerufen, mehrmals, aber entweder meldet sich niemand, oder eine alte Frau kommt an den Apparat und begreift nicht, um was es geht.«

»Um was ist es Ihnen denn gegangen?«

»Herr Ortmann hat mir zuviel gegeben«, sagte der Pfarrer, »es ist nur eine kleine Schramme gewesen, und ich hatte es eilig und habe nicht so genau drauf geachtet, was er mir in die Hand drückte.«

Ich ließ mir auch von ihm den großzügigen Mitsubishi-Fahrer beschreiben, und es kam ziemlich genau die Figur heraus, die auch der Riddagshausener Gartenarbeiter heraufbeschworen hatte. Ich bedankte mich bei Pfarrer Kalisch und versprach ihm, mich bei ihm zu melden, sobald ich Herrn Ortmann (der bestimmt nicht Ortmann hieß) gefunden hatte.

◊

Der Imbißstand lag hart an der Ebert-Allee, neben einer Omnibus-Haltestelle. Er nannte sich »Zur Bratstube«. Auf einer Schiefertafel, die jedem Schulzimmer zur Ehre gereicht hätte, waren handschriftlich Gerichte wie Würstchen mit Sauerkraut, Fleisch- und Fischbouletten, Bratfisch, Schnitzel und Kartoffelsalat sowie Getränke angepriesen. Man bestellte am Imbißstand und nahm an einem der Gartentische unter Birken oder Sonnenschirmen Platz. Nach geraumer Weile verkündete eine Stimme, von Natur aus heiser oder entstellt durch den Lautsprecher, das jeweils fertige Gericht. Man holte es sich samt Besteck am Imbiß ab. Bezahlt wurde später. Ein bißchen Gemütlichkeit und viel Vertrauen.

Ich ließ mir gebratene Scholle mit Kartoffelsalat anrichten und nahm schon mal ein Mineralwasser mit zum Tisch. Aber ich blieb nicht sitzen. Zwischen Imbiß und einem offenen Schuppen mit Fahrrädern, Autoreifen und Kisten entdeckte ich den Zugang zu den Toiletten und dem Telefon. Ich ging zum Telefon, zückte mein Notizbuch und rief Hauptkommissar Merkheim an.

Wenn bei der Polizei ein gestohlener Wagen gemeldet wird und Tage später die Meldung eingeht, daß irgendwo einer herrenlos herumsteht, kann es passieren, daß diese Ereignisse wahrhaftig und im Glücksfall ganz schnell miteinander in Zusammenhang gebracht werden. Daß aber die

Mordkommission davon erfährt, ob sie nun im Nebenzimmer oder in einem anderen Gebäude sitzt, ist unwahrscheinlich. Ich war sicher, daß Hauptkommissar Merkheim von dem gestohlenen und an der Klosterkirche abgestellten »blauen Japaner« keine Ahnung hatte.

An seiner Art, wie Merkheim »Jaaa« sagte, als er sich meldete, glaubte ich sein Stirnrunzeln und seinen traurigen Blick zu erkennen. Ich berichtete ihm die eben erlebte Autogeschichte, und er hatte es plötzlich eilig. Er brachte aber ein »Danke« heraus, ehe er auflegte, was ich ihm hoch anrechnete.

Den nächsten Anruf ließ ich an Reporter Karsten Leonhardt los, bekam ihn sofort an den Apparat und erzählte auch ihm die Autostory. Er beteuerte, zur zuständigen Polizeidienststelle gute Beziehungen zu unterhalten, und wollte sowohl von der Polizei als auch von dem wahren Mitsubishi-Besitzer die näheren Umstände des Diebstahls herausfinden. Vielleicht enthielten die einen Hinweis, der für die weitere Ermittlung nützlich sein konnte.

Ich legte auf und trat in den Garten hinaus. Aus dem Lautsprecher verkündete die heisere Stimme ungeduldig und mehrmals hintereinander: »Gebratene Scholle mit Kartoffelsalat!« Ich stürzte zur Ausgabe und verzog mich mit meinem Mahl an den hintersten Tisch, an dem mein einsames Mineralwasser auf mich wartete.

In der Luft schwebten leise, melodische Töne. Ich blickte hoch in das Geäst zweier Birken, die ineinander verwachsen waren und sah das Metallgehänge. Es bestand aus drei Stäben und einem Pendel. In der Mitte des Pendels war eine Metallscheibe angebracht, die beim geringsten Lufthauch die Stäbe berührte. Brittas Birkenmusik.

15

Dillmann — Bevenrode — Parkplatz Klosterkirche — Gartenhaus und wieder Dillmann. Diesmal ermordet. Meine Gedanken fuhren Karussell, und immer häufiger schob sich zwischen Parkplatz Klosterkirche und Gartenhaus der Name Peter Lauenstein. Ich wollte mich im Krankenhaus nach ihm erkundigen und, falls es erlaubt war, ihn besuchen.

Es war noch früh am Morgen, viel zu früh für einen Krankenhausbesuch, fand ich, und entschied, zuerst nach Bevenrode zu Herrn Ortmann zu fahren, mochte es ihn nun geben oder nicht.

Als ich das Hotelzimmer verlassen wollte, klingelte das Telefon. Ich meldete mich.

»Hallo, Eiserbeck«, sagte eine Stimme, die fröhlich und nahe klang und doch so weit von mir entfernt war, wie Passau von Braunschweig entfernt ist.

»Nanu«, sagte ich, »dich gibt's auch noch.«

»Mich und dein Büro und deinen Auftraggeber. Wir sind alle noch da.«

Den Geldsack, auf dessen Jungen wir aufpassen sollten, hätte sie nicht erwähnt, wenn sie unseren Auftrag nicht erfolgreich erledigt hätte. Gewiß wollte sie mich damit überraschen, aber bei Überraschungen gehen Grits Vorfreude-Gefühle immer derart mit ihr durch, daß man weiß, was auf einen zukommt.

»Und? Wie geht's euch allen?«

Sie sprudelte los. Die Spur des Jungen hatte sie verloren, wie ich bereits wußte, aber sie hatte das Mädchen bei einem Einbruchdiebstahl zusammen mit zweien ihrer Kumpane erwischt, und das hatte großes Aufsehen erregt, in der Bevölkerung, bei der Polizei, bei unserem Auftraggeber und nicht zuletzt bei dessen Sohn, der sich schleunigst und endgültig von seiner Geliebten lossagte.

»Der Herr Papa hat nicht nur die vereinbarte Summe überwiesen«, berichtete Grit, »sondern auch noch eine Prämie an uns gezahlt.«

»An dich«, berichtigte ich. »Es war deine Arbeit und dein Erfolg.«

»Na ja«, meinte sie, und ich sah im Geiste, wie sie errötete, das kriegt sie nämlich mit ihren einundzwanzig Jahren immer noch hin, »darüber können wir reden, wenn du wieder hier bist. Wie geht es denn bei dir voran?«

»Ich habe einen Auftraggeber, eine Leiche, Herrn Beer im Gefängnis, obwohl er da wahrscheinlich nicht hingehört, mehrere Verdächtige und etliche Spuren, die sich immer wieder verwischen.«

»Oho«, meinte Grit beeindruckt, »das hört sich nach einem großen, verworrenen Fall an, den kein Geringerer als Georg Eiserbeck lösen kann.«

»Aus diesem Grund bin ich etwas in Eile. Ich habe das Bedürfnis, einen Menschen zu besuchen, den es wahrscheinlich gar nicht gibt.«

»Tu deine Pflicht, Eiserbeck!«

»Grit«, sagte ich, »hat gut getan, daß du angerufen hast.« Das klang genau so zärtlich, wie ich es gemeint hatte. Schnell sagte ich: »Tschüs«, und legte auf.

◊

In Bevenrode gönnte ich mir einen kleinen Umweg. Langsam fuhr ich auf das Haus zu, in dem Dillmann mit seiner Ehefrau gewohnt hatte. Eben trat Hörtel aus der Tür. Er sah sich nicht um, sondern ging wie jemand, der einen alltäglichen Gang verrichtet, den Bürgersteig neben der Straße entlang.

Ich fuhr heran, hielt ein paar Schritte vor ihm, kurbelte das Fenster herunter und winkte ihm zu. Er kam heran. Die grauen Augen waren voller Mißtrauen. In seinen Mundwinkeln hockte ein kleines melancholisches Lächeln.

»Seien Sie gegrüßt«, sagte er und fragte: »Zu mir? Oder zu ihr?« und wies mit dem Daumen hinter sich zu dem Haus, in dem er mit Frau Dillmann wohnte.

»Weder — noch«, sagte ich. »Kennen Sie einen Herrn Ortmann? Er muß nicht weit entfernt von Ihnen wohnen.« Ich nannte ihm die Adresse.

»In dem Fall sollten Sie doch besser *sie* fragen.« Diesmal nickte er zu dem Haus hinter sich. »Sie hat ihr Leben lang hier gewohnt, ich bin bloß zugeflogen und weiß nicht besonders Bescheid über die Bevenroder. — Oder ist das jemand, den man kennen sollte?« fügte er hinzu. »Ein Arzt oder jemand von der Wohnungsverwaltung?«

»Es ist wahrscheinlich jemand, der mit einem geklauten Auto einem Pfarrer an den Wagen gefahren ist«, sagte ich, »und solche Personen müssen Sie durchaus nicht kennen.«

»Auto geklaut«, wiederholte er schulterzuckend. »Davon hört und liest man leider täglich.«

»Auch in Bevenrode?«

»Hier geht's nicht anders zu als sonstwo in der Welt. Sind Sie wegen eines geklauten Autos in Bevenrode? Ich nickte. »Sie scheinen ja sehr vielfältig zu sein«, sagte er.

»Das macht mich so erfolgreich.« Ich grinste ihn an, doch die Melancholie, die tief in seinen Augen saß, vertrieb das auch nicht.

»Erfolgreich?« fragte er. »Ich habe nichts darüber gelesen, daß das Kind, nach dem Sie gesucht haben, wieder bei seinen Eltern wäre. Aber Sie interessieren sich ja jetzt für einen Autodieb.«

»Eines könnte mit dem anderen zusammenhängen.«

Er trat von meinem Fiat zurück. »Sonst noch was?« wollte er wissen.

»Kann ich Sie ein Stück mitnehmen?«

Er winkte ab, ich schloß das Fenster und fuhr weiter, bis zu der Adresse, die auf meinem Notizblock stand.

Die Haustür war offen. Den Namen Ortmann fand ich auf einem Türschild in der ersten Etage. Ich klingelte dreimal und jedesmal länger und lauter. Endlich kamen Schritte zur Tür geschlurft.

»Ja?« fragte eine Frauenstimme.

Ich nannte meinen Namen und sagte, daß ich zu Ortmann wolle. Die Tür wurde geöffnet, soweit die Sperrkette nachgab.

Durch das Fenster im Hausflur fiel Licht auf ein runzliges Gesicht mit alten, trüben Augen. Ich war sicher, daß es der Frau gehörte, mit der Pfarrer Kalisch telefonisch seine liebe Not gehabt hatte.

Heute schien sie gut drauf zu sein. Sie bat mich zwar nicht in die Wohnung, begriff aber, um was es mir ging, und erklärte mit klaren, eindeutigen Worten, daß Herr Erich Ortmann, ihr Gemahl, seit drei Jahren verstorben sei. Einen Sohn hatten sie nicht. Ihre Tochter war verheiratet mit einem Herrn Riemer und trug jetzt diesen Namen.

◇

Meine Gedanken kreisten wieder, kaum daß ich im Fiat saß.

Dillmann — Bevenrode ... Diesmal wollte sich der Name Peter Lauenstein dazwischendrängeln. Ich ließ ihn gewähren und fragte mich ernsthaft, was er da zu suchen hatte.

Nach einer Weile kam ich drauf, daß nur Lauenstein selbst mir das verraten konnte. Ich hatte zurück ins Hotel gewollt, änderte aber den Kurs und fuhr zum Krankenhaus. Jedenfalls wußte ich jetzt, was ich Lauenstein fragen mußte.

Von Norden kommend führte der kürzeste Weg zum Krankenhaus durch die Herzogin-Elisabeth-Straße, vorbei am Haus der Familie Beer. Es lag still, Haus- und Gartentor waren geschlossen, niemand kam ans Fenster. Ich fuhr langsam weiter. Eben wollte ich das Tempo wieder beschleunigen, als ich Britta entdeckte. Sie war heute Butterblümchen, hatte einen Anorak übergezogen und sich einen Beutel über die Schulter gehängt, in dem ich ihre Schulutensilien vermutete. Ich hupte. Sie sah sich um, entdeckte mich und winkte. Als ich den Fiat an den Straßenrand fuhr, anhielt, und die Wagentür öffnete, kam sie heran.

»Guten Tag, Herr Eiserbeck!«

»Hallo, Butterblümchen. Willst du einsteigen?«

Sie schüttelte ihren Wuschelkopf, und das recht energisch.

»Gehst du zur Schule?«

Gesprächig schien sie heute morgen nicht zu sein. Mit einem Schulterzucken ließ sie mich wissen, daß sie tun mußte, was unvermeidlich war.

»Na, dann«, sagte ich, »sieh zu, daß du nicht zu spät kommst.« Ich winkte ihr zu und wollte die Tür schließen. Sie faßte meine Hand.

»Hast du Markus gefunden?«

Wieder die Gretchenfrage, wieder der Versuch, nicht mit diesem deprimierenden Nein antworten zu müssen. Ich sagte, ich sei jetzt wirklich ganz dicht dran.

»Na klar«, meinte sie gönnerhaft, ließ meine Hand los und trat vom Wagen zurück.

»Hör mal, Butterblümchen ...«

Sie unterbrach mich. »Mami hat vorhin versucht, dich im Hotel zu erreichen.« Es klang, als habe sie gesagt: Du bist doch nie da, wenn man dich braucht.

»Ich bin seit dem Morgen wegen Markus unterwegs, verstehst du?« War ich schon so weit, mich vor ihr zu rechtfertigen? »Weißt du, was deine Mami wollte?«

Sie schüttelte den Kopf, streifte mich mit einem schnellen Blick und schaute über das Wagendach hinweg in die Ferne.

»Na gut«, sagte ich, »da werde ich am besten zu ihr fahren und sie fragen.«

Sofort sah sie mich an. Ihre Augen wurden schmal und ihr Blick zwingend. »Mami ist jetzt einkaufen«, sagte sie, »und dann will sie noch in der Boutique nach dem Rechten sehen. Am besten, du gehst nachmittags zu ihr.«

Das paßte besser in meinen Zeitplan, da ich so schnell wie möglich ins Krankenhaus wollte. Ich versprach mir einiges von der Antwort, die mir Lauenstein auf meine Frage geben würde.

»In Ordnung«, sagte ich zu Britta. »Wir sehen uns dann am Nachmittag.«

Sie hatte ein Lächeln im Gesicht, das ich noch nie an ihr bemerkt hatte und nicht zu deuten wußte. Ich winkte ihr.

»Tschüs, Butterblümchen«, sagte ich.

»Tschüs, Herr Eiserbeck.«

Sie wandte sich von mir ab und stiefelte los. Sehr selbstbewußt wirkte sie heute, und während ich ihr nachsah, juckte mein kleiner Finger. Das ist mein Warnsystem und sagt mir, Eiserbeck, gib acht, da stimmt was nicht.

Warnsysteme sind eine Hilfe gegen Katastrophen, vorausgesetzt, man hört darauf.

Ich fädelte mich in den Verkehr ein und fuhr zum Krankenhaus.

◇

Die Schranke am Torbogen wurde hochgezogen, als ich anrollte. Zwischen dem Tor und dem backsteinroten Hauptgebäude des Krankenhauses parkten links der Zufahrtsstraße Pkws, rechts war ein parkartiger Garten angelegt. Patienten spazierten mit ihren Besuchern umher oder saßen an Holztischen auf hölzernen Bänken, spielten Schach und Halma und vielleicht Mensch ärgere dich nicht. Einige ließen sich im Rollstuhl spazierenfahren. Hier und da wurden Eßpakete geplündert und ein Schluck aus der Thermosflasche genommen, was immer da auch drin sein mochte. Weißgekleidete Gestalten tauchten auf, huschten lächelnd, einige auch streng blickend, zwischen Patienten und Besuchern umher und führten hin und wieder jemanden ins Haus zurück.

Vom Wagen aus beobachtete ich das Treiben eine Zeitlang, ohne Peter Lauenstein zu entdecken. Ich stieg aus, ging zur Anmeldung und erkundigte mich, wo er zu finden war.

Sein Zimmer lag in der vierten Etage, und ich fuhr mit dem Aufzug nach oben. Der Fahrstuhl hielt, aber die Türen hatten sich noch nicht geöffnet, als ich eine bekannte, alles beherrschende Stimme hörte.

»Was soll ich gesagt haben? Daß Sie ihn umbringen wollen?« keifte Conny Kettner, hielt einen Augenblick lang inne, und eine männliche Stimme sprach sanft und beruhigend auf sie ein.

»Also, wenn ich was gesagt habe«, zeterte Conny weiter, »dann wird es ja wohl auch stimmen ...«

Ich war aus dem Fahrstuhl getreten, Conny entdeckte mich und stürzte auf mich zu. Hinter mir schlossen sich die Türen, auf dem schmalen Gang schob ein Krankenwärter einen mit Teekannen und Medikamenten beladenen Wagen auf mich zu. Flucht war unmöglich.

»Hallo, Conny!«

Sie nickte, und dann umarmte mich dieses verrückte Weibsbild wie einen verloren geglaubten und nun zurückgekehrten Liebhaber. Über ihren Arm hinweg, den sie um mich geschlungen hatte, sah ich den Krankenpfleger an, der mit mir zu leiden schien und die Augen verdrehte.

»Ich glaube, er hat es doch getan«, flüsterte Conny an meinem Ohr. »Die Polizei geht hier ein und aus, und Peter hat mir anvertraut, die würden ihn bestimmt noch schaffen.« Sie ließ ab von mir und sagte laut: »Ich will ihn nach Hause haben. Wie soll ein Mensch zu Kräften kommen, wenn er nicht mal ein Hühnerbein essen darf.«

»Lassen Sie mich nur machen«, sagte ich leise zu Conny und zwinkerte ihr zu.

»Ich warte unten auf Sie.«

Alles, nur das nicht. »Ich muß von hier aus die Mordkommission aufsuchen«, log ich, und zum Glück so überzeugend, daß sie einen Moment lang gar nichts sagte. »Es ist besser, wenn ich allein hinfahre. Anschließend rufe ich Sie an oder komme zu ihnen, und dann wissen Sie das Neueste vom Neuen.«

Sie ließ es geschehen, daß ich sie zum Fahrstuhl brachte. Während sie einstieg, drückte ich vorsichtshalber den Knopf vom Erdgeschoß. Der Fahrstuhl surrte abwärts und hinterließ eine Ruhe auf dem Korridor, die Nervenbalsam war. Der Krankenpfleger trat auf mich zu.

»Sie möchten zu dem Patienten Lauenstein, nicht wahr?«

Ich bestätigte es ihm und sah mich nach Lauensteins Zimmernummer um.

»Ich habe Anweisung«, meinte der Pfleger und vermied es, mich anzusehen, »heute keinen Besuch mehr für ihn zuzulassen. Das ist ja schon für einen Gesunden zuviel: Kriminalbeamte, ein Hauptkommissar von der Mordkommission und dann noch diese Nervensäge — Verzeihung, Fräulein Kettner.«

Ich sagte, er solle die Dinge ruhig beim Namen nennen und versicherte ihm, daß ich keiner sei, der den Patienten Lauenstein aufregen werde. Außerdem versprach ich, nach fünf Minuten wieder aus dem Zimmer zu sein.

Er erwiderte, so was Ähnliches würden sie alle versprechen.

»Wenn der Stationsarzt dahinterkommt, daß ich noch jemanden in Herrn Lauen ...«

»Der Stationsarzt«, unterbrach ich ihn, »sollte dahinterkommen, wen er ins Krankenzimmer lassen darf und wen besser nicht, und wenn ich hier nicht aufgetaucht wäre, wären auch Sie reif dafür, in diesem Zimmer zu liegen.«

Er sah sich um und den Korridor entlang, als gälte es, eine Schar Spione zu überlisten, dann öffnete er mir die Tür zu Lauensteins Krankenzimmer.

Dem Mann auf dem Foto, in dem langen Mantel und den

Arm um Conny Kettner gelegt, ähnelte er ungefähr wie ein blasser Schatten der lebenden Gestalt. Er hielt die Augen geschlossen, etwas zwanghaft, jedenfalls spürte ich, daß er nicht schlief. Wäre Conny Kettner zurückgekommen, hätte er sich wahrscheinlich mit Erfolg totgestellt.

Ich berührte seinen Arm, der kraftlos auf der Bettdecke lag. »Hallo«, sagte ich leise, »keine Bange, ich bin's bloß, der Eiserbeck. Riskieren Sie mal ein Auge.«

Er schlug beide auf und lächelte schwach. »Schön, daß Sie vorbeikommen. Ohne Sie wäre ich jetzt womöglich ein toter Mann.«

»Ohne das, was uns täglich zustößt, wären wir womöglich sonstwas.«

»Ich weiß bloß nicht, wie ich Ihnen danken soll und ob ich überhaupt eine Chance dafür kriege.«

»Was heißt das?« fragte ich. »Sie sind operiert, und es geht aufwärts.«

»Aber wohin? Wieder in den Knast? Die Kripo gibt sich hier die Türklinke in die Hand, ich sage ihnen alles, was ich weiß, und sie haben das Talent, da rauszuhören, daß ich ein Kind entführt und Dillmann, meinen Kumpel aus dem Knast, umgebracht habe.«

»Vielleicht haben Sie nichts weiter getan, als sich in Bevenrode einen blauen Mitsubishi ausgeborgt, ohne daß der Besitzer es Ihnen gestattet oder auch nur davon gewußt hätte.«

Er stützte sich auf beide Ellenbogen und richtete sich auf. »Wie bitte? Was soll das denn? Die alte Leier, mit der die Polizei hier antritt, die kenne ich inzwischen auswendig, und jetzt kommen Sie mit ganz neuen Tönen.«

»Was war mit dem Mitsubishi?« fragte ich streng.

»Zum Teufel mit dem und mit allen anderen Mitsubishis! Ich weiß von keinem und brauche keinen. Ich habe meine aufgemotzte Honda.«

»Mit der sollten Sie lieber nicht so auftrumpfen«, warnte ich. »Die oder eine andere spielt eine ungute Rolle in der Entführungsgeschichte.«

»Sinnlos«, meinte er kopfschüttelnd.

Ich hoffte, der Pfleger würde nicht in dieser Minute ins Zimmer schneien. Ich hatte versprochen, Lauenstein nicht aufzuregen, aber er war ziemlich in Wallung geraten, und ich mußte weiterbohren, um sicher zu sein.

»Einer, der es eilig hatte, hat den Wagen in Bevenrode entwendet, nach Riddagshausen gefahren, vor Aufregung auf dem Parkplatz den Opel eines Pfarrers aus Wolfsburg gerammt, sich mit ihm geeinigt und ist in Richtung Gartenkolonie spaziert, zu Dillmanns Behausung.«

Peter Lauenstein ließ sich kraftlos in die Kissen zurückfallen. »Sie können bis morgen früh weitererzählen«, sagte er resigniert, »ich fürchte, daß ich's trotzdem nicht kapiere.«

Er schloß die Augen.

»Nach Ihrer Haftentlassung haben Sie angeblich nur einmal Kontakt mit Jürgen Dillmann gehabt.«

Er nickte. »Das war Zufall. In der Nähe vom Kohlmarkt, und ohne meine Honda.«

»Richtig. Sie sagten, Sie hatten Ihren langen Mantel an, Connys Geschenk.«

»Ich war verzweifelt genug, auf Arbeitssuche zu gehen. Ich habe früher bei VW Braunschweig in der Achsteile-Montage gearbeitet und mir nie etwas zuschulden kommen lassen, arbeitsmäßig, meine ich, aber jetzt sind für mich alle Türen zu.«

»Nicht nur für Sie«, sagte ich ein wenig ungeduldig. »Geben Sie den Gedanken auf, Sie seien der einzige Unglücksvogel, oder die Sache hätte einzig was mit ihrer Haftstrafe zu tun. In Braunschweig werden Tausende von Arbeitsplätzen abgebaut, bei allen Firmen der Metall- und

Elektroindustrie. Also nehmen Sie's um Himmels willen nicht persönlich! – Sie waren also auf Arbeitssuche und haben in der Stadt Dillmann getroffen. War er allein?«

»Nein«, sagte Lauenstein, »seine Exfrau war bei ihm. Sie hatten in Braunschweig irgendwelche Formalitäten wegen ihrer Scheidung zu erledigen.«

»Leben Sie wohl«, sagte ich, und drückte seine kraftlose Hand. »Werden Sie gesund und kehren Sie in diesen Zeiten getrost in Connys Gefängnis zurück. In ein anderes wird man Sie kaum einweisen können.«

16

Man kann nicht zwei Dinge gleichzeitig tun. Ich mußte mich entscheiden, ob ich sofort zu Frau Dillmann fahren oder erst Frau Beer aufsuchen sollte. Britta hatte mich wissen lassen, daß ihre Mutter mich schon am frühen Morgen angerufen hatte. Vielleicht rundete das, was sie mir zu sagen hatte, das Bild ab, das ich mir jetzt von der Entführung ihres Sohnes und dem Mord an Jürgen Dillmann machte.

Ich fuhr zur Herzogin-Elisabeth-Straße. In Beers Vorgarten harkte die junge Polin die Erde um die blühenden Dahlienbüsche. Ich rief ihr einen Gruß zu, und sie kam sofort zum Gartentor.

»Frau erwarten Sie schon«, sagte sie, »Frau wenig Nerven, viel traurig.« Sie begleitete mich ins Haus. Frau Beer stand unter der Tür des Wohnzimmers.

»Ich fürchte«, sagte sie, als wir uns im Zimmer gegenübersaßen, »daß ich Ihr Hotel heute mit meinen Anrufen genervt habe.«

»Wenn Sie sonst nichts fürchten, ist alles in Ordnung«, erwiderte ich.

»Ich wollte es erst mit Ihnen besprechen und Ihre Meinung dazu hören, aber jetzt war ich drauf und dran, doch die Polizei anzurufen.«

»Was gibt's?«

»Brittas Birkenmusik, irgendwo in Riddagshausen«, sagte sie, »was immer das auch gewesen ist, ich bin ins Grübeln gekommen, und zwar darüber, weshalb mein Mann sie offensichtlich zu einem Treffen mit seinem ehemaligen Geschäftspartner Dillmann mitgenommen hat.«

»Sie kann über dieses Treffen nichts wissen. Er hat sie in einem kleinen Gartenlokal abgesetzt.«

»Richtig, aber er hat sie mitgenommen, was nicht seine Art gewesen ist. Ich weiß auch wieder, warum. Boutique, Hausarbeit, Britta und Leibschmerzen — es war zuviel. Ich selbst habe meinen Mann gebeten, mir Britta abzunehmen. Sie war damals ungefähr sieben Jahre alt.«

»Sind Sie ernsthaft krank geworden?«

»Es war der Blinddarm, der mir zu schaffen machte. Ich kam ins Krankenhaus und wurde operiert. In dieser Zeit muß mein Mann sich noch einmal mit Dillmann getroffen haben.«

»Hat er Britta wieder mitgenommen?«

Sie nickte. »Was hätte er sonst tun sollen. Ich habe mit ihr darüber gesprochen, und so nach und nach hat sie sich an vieles erinnert.«

»Heißt das, er hat Britta nicht wieder im Gartenlokal abgesetzt?«

»Sie sind überhaupt nicht in Riddagshausen gewesen. Britta erinnert sich, daß die Autofahrt für sie langweilig war, aber dann ist es prima gewesen, sagt sie. Die 'Tante', zu der sie gefahren sind, hat ein Häuschen im Wald gehabt, was mit Vorsicht zu genießen ist, für meine Tochter sind drei Bäume und zwei Sträucher schon ein Wald. Was sie aber am meisten beeindruckt hat und weshalb sie sich an alles erinnert, ist der Kanal, der so groß ist, daß Schiffe darauf fahren. An beiden Ufern kann man spazieren gehen und dort, wo sie mit ihrem Vater bei der 'Tante' war, ist eine Brücke.«

»Haben Sie eine Ahnung, wer diese Frau sein könnte?«

Sie zuckte die Schultern. »Auf jeden Fall keine Verwandte von uns.«

»Sie werden sich wohl kaum bei Fremden getroffen haben«, warf ich ein.

»Vielleicht bei einer Kundin ...«

»Wenn es um krumme Geschäfte geht? Dann müßte auch sie darein verwickelt gewesen sein, und das halte ich für wenig wahrscheinlich, weil viel zu gefährlich für Ihren Mann und Jürgen Dillmann.«

»Haben Sie eine Vermutung?«

»Es könnte eine Verwandte oder Vertrauensperson von Dillmann gewesen sein«, sagte ich.

»Damit kommen wir nicht weiter. Über Dillmanns Anhang weiß ich absolut nichts.«

Ich winkte ab. »Versuchen wir, uns an die Örtlichkeit heranzuarbeiten. Der Kanal, der Britta so imponiert hat, kann meines Erachtens nur der Mittellandkanal sein.«

Frau Beer war zu einem Schrank gegangen und hatte aus dem Schubfach eine Landkarte geholt. Wir breiteten sie auf dem Tisch aus. Braunschweig und Umgebung. Ich tippte mit dem Zeigefinger auf das Autobahnkreuz Braunschweig-Nord. Die Fahrt, die für Britta langweilig gewesen war, konnte nach Norden gegangen sein. Dort hat sich hinter Braunschweig viel Industrie angesiedelt, begünstigt durch die Autobahn und den Hafen am Mittellandkanal. Im

Süden der Stadt überwiegen Wohngebiete, und es gibt den Kanal nicht.

Frau Beer nickte, als ich den Zeigefinger ab Autobahnkreuz nach Norden bewegte, immer in der Nähe des Kanals. Trotzdem ein weites Gebiet.

»Aber wo?« fragte ich.

Frau Beer starrte mit schmalen Augen, wie ich sie von Britta kannte, wenn sie sich auf etwas konzentrierte, auf einen Punkt der Karte. Auf welchen, wußte ich nicht.

»Sie vermuten etwas, nicht wahr?« fragte ich.

»Es ist — ein bißchen albern.« Sie sah mich an. »Ich glaube nicht, daß ich mit einem Polizisten darüber gesprochen hätte, obwohl ...«

»Erzählen Sie es einfach«, sagte ich forsch, »vielleicht bringt es uns auf eine Idee. Wenn nicht, vergessen wir's sofort. Einverstanden?«

»Britta erzählte von einem lustigen Wortspiel mit ihrem Papa. Dabei ist es um 'meine' und 'deine' gegangen, und 'meine' hat gewonnen.«

Ich warf ein, daß es bei einem Wortspiel eigentlich keinen Gewinner oder Verlierer gibt und wußte wahrhaftig nicht, worauf sie hinaus wollte.

Frau Beer verlängerte die Linie, die ich mit meinem Finger gezogen hatte ein wenig, und dann sah ich es: Meine, nördlich von Braunschweig gelegen, aufgesplittert in mehrere Ortsteile, alle von Grün umgeben und in unmittelbarer Nähe des Mittellandkanals.

»Das ist ja ein Ding!« sagte ich, ehrlich erstaunt und sah mich im Zimmer um, als habe ich bislang etwas Wichtiges übersehen. »Wo steckt denn Britta? Über diese Geschichte würde ich gern paar Worte mit ihr wechseln.«

Frau Beer sah plötzlich sehr besorgt aus, ging zum Fenster und schob die Gardine beiseite. »In letzter Zeit«, sagte sie, »ist Britta ziemlich eigenwillig, um nicht zu sagen: bockig. Sie müßte längst zu Hause sein.«

»Heute morgen war sie eigentlich ganz manierlich.«

»Sie haben sie getroffen?« Frau Beer ließ die Gardine los und kam vom Fenster zum Tisch zurück.

»Gar nicht so weit von hier, sie war auf dem Weg zur Schule. Ich wollte sie hinfahren, aber das hat sie abgelehnt.«

Eigentlich sagte mir schon ihr Blick, was los war, dann formulierte sie es, und es klang wie ein Aufschrei.

»Seit heute sind Ferien!«

Ich stand auf, ging zum Telefon und klingelte bei Hauptkommissar Merkheim an. Er war nicht da. Ich legte auf und dachte einen Augenblick lang nach.

Frau Beer weinte.

»Hat Britta Fahrgeld?« fragte ich.

Sofort nahm sie sich zusammen. »Ich weiß nicht«, sagte sie, »aber ich denke, das läßt sich feststellen.« Die letzten Worte sagte sie schon unter der Tür. Sie ging nach oben und kam gleich darauf zurück. »Sie hat Fahrgeld. Ihre Sparbüchse ist leer.« Sie steckte mir einen Zettel mit einer Telefonnummer zu und sagte: »Die suchen nach Markus. Dort soll ich anrufen, falls es etwas Neues gibt, oder wenn mir irgendwas Wichtiges einfällt.«

Ich drückte ihr den Hörer in die Hand. »Es ist Ihnen etwas eingefallen«, sagte ich, »und Ihrer Tochter auch.«

Sie wählte. Und nach einiger Zeit hörte ich sie in Stichworten sehr konzentriert berichten, worauf wir eben gekommen waren, und daß ihre Tochter sich wahrscheinlich auf dem Weg nach Meine befand.

»Welcher Ortsteil?«

Der Polizist fragte laut genug, daß ich es hören konnte. Frau Beer hielt die Hand über die Sprechmuschel. Wir sahen uns an und zuckten die Schultern.

»Sagen Sie ihm, er soll mit Ihnen in Verbindung bleiben, Sie könnten es wahrscheinlich noch herausfinden.«

Als sie aufgelegt hatte, sagte sie resigniert: »Ich weiß nicht, ob das klug war. Wie kann ich das herausfinden? Was soll ich tun?«

»Am Telefon bleiben. Vielleicht schaffe ich es.«

»Wo gehen Sie hin?« Sie klang ängstlich.

»Wohin ich wahrscheinlich zuerst hätte gehen sollen, bevor ich hierher gekommen bin. — Darf ich?« Ich hob noch einmal den Hörer ab. Das Notizbuch mit Dillmanns Nummer hielt ich schon in der Hand.

Die Stimme, die sich meldete, klang apathisch und sagte nicht mehr als: »Ja?«

Ich legte auf, ohne ein Wort zu erwidern und fragte Frau Beer, ob sie die Nummer der Mordkommission habe. Sie nickte.

»Versuchen Sie mit Hauptkommissar Merkheim zu sprechen. Lassen Sie ihm auf jeden Fall mitteilen, er möchte so schnell wie möglich nach Bevenrode kommen — zu Frau Dillmann.«

◊

Er mußte zu Hause sein. Ich läutete dreimal, dann drückte ich den Handballen gegen die Klingel und ließ nicht mehr los. Irgendwann scharrte es an der Tür, der Riegel wurde zurückgezogen, die Tür einen Spalt geöffnet. Es reichte, um den Fuß hineinzuzwängen. Gisbert Hörtel versetzte mir einen Tritt gegen das Schienbein, so schwach, als sei er nicht im reinen mit sich, ob er das wirklich tun sollte. Ich stemmte mich mit aller Kraft gegen die Tür und drückte sie auf. Hörtel wich einen Schritt zurück. Mit einem Fußtritt schlug ich die Tür hinter mir zu, und wir standen uns in dem dämmerigen Korridor gegenüber.

»Was wollen Sie?« fragte Hörtel.

Was immer ich auch wollte, zu interessieren schien es ihn nicht. Er stand mit hängenden Schultern, die Haare wirr, die Augen tief in den Höhlen und mit leerem Blick. Er war am Ende. Ich packte ihn an der Hemdbrust und schob ihn durch die offene Tür ins Wohnzimmer.

»Wo ist Beers Baby?«

Er sagte, er habe mit all dem nichts mehr zu tun. Seine Stimme klang flach. Ich wußte nicht recht, was ich mit ihm anfangen sollte. Einem Mensch, der sich selbst abgeschrieben hat, kann man mit nichts mehr drohen. Ich warf ihn in den nächsten Sessel, zog einen zweiten heran und setzte mich auf Tuchfühlung zu ihm. Nicht aus Sorge, daß er aufspringen und weglaufen könnte; ich wollte ihn meine Gegenwart spüren lassen und versuchen, ihn aus seiner Lethargie zu reißen.

»Herr Hörtel«, sagte ich, und zwang ihn, mich anzusehen, »ich weiß, daß Sie nichts mehr damit zu tun haben, sonst würden Sie nicht hier sitzen. Was immer Ihr Schlußstrich, den Sie ziehen wollen, auch umfaßt, ziehen Sie ihn mit einem Rest von Selbstachtung. Sagen Sie mir, wohin Sie das Baby gebracht haben.«

Jetzt sah er an mir vorbei, mit unruhigem Blick, als suche er mit den Augen den Ort, den ich von ihm wissen wollte. »Zu ihrer Schwester.«

»Nach Meine?«

Er nickte, und ich fragte schnell: »Welcher Ortsteil? Und die genaue Adresse.«

Er sagte sie mir, wie ein Kind ein Gedicht herunterleiert, aus dem es sich nicht viel macht. Ich zog das Telefon heran, das in Reichweite stand, rief die Polizei an und erklärte kurz, um was es ging. Sie sagten, ein Oberkommissar Riechel sei mit seinen Leuten bereits unterwegs, Richtung Meine.

»Meine-Wedesbüttel«, sagte ich und nannte die genaue Adresse.

»Sie sind da ganz sicher?« fragte er skeptisch. Er wollte seine Leute nicht auf unnütze Wege schicken.

»Ich verbürge mich dafür!«

»In Ordnung. Ich gebe es dem Oberkommissar durch.«

Ich warf Hörtel einen Blick zu. Er saß ruhig da und hielt die Augen geschlossen. Ich rief Frau Beer an. Sie hatte ein Recht darauf, zu wissen, daß die Polizei ihren Sohn jetzt gezielt suchen konnte.

»Übrigens die 'Tante', von der Britta gesprochen hat, ist Frau Dillmanns Schwester. Haben Sie Merkheim erreicht?«

»Vor ein paar Minuten«, erwiderte sie, »er wollte gleich losfahren, nach Bevenrode.«

Wir legten auf. Jetzt galt es, Gisbert Hörtel hinzuhalten, bis der Hauptkommissar eintraf. Ich riskierte noch einen dritten Anruf. Leonhardt, mein Auftraggeber, war zu Hause und kam sofort ans Telefon. Ich sagte ihm, wo das Drama, wahrscheinlich in dieser Stunde noch, zu Ende gehen würde. Dann legte ich auf und schob das Telefon zurück.

Hörtel sah mich an. Er wirkte noch immer apathisch, schien aber über etwas nachzudenken.

»Wann sind Sie darauf gekommen?« fragte er und sah mich an.

»Heute vormittag, als ich Peter Lauenstein im Krankenhaus besucht habe.«

»Was konnte denn Lauenstein wissen?« fragte er.

»Vor allem, daß er es nicht gewesen ist, der ein Kind entführt und Dillmann getötet hat. Zugegeben, ich hatte ihn auch in Verdacht. Beers Sohn wurde von einem Mann im langen Mantel entführt, und Lauenstein besaß einen langen Mantel. Ein Motorradfahrer hatte zuvor vergebens versucht, Britta Beer zu kidnappen, und ein Motorradfahrer hatte den Brief mit der Lösegeldforderung in Beers Briefkasten werfen lassen. Peter Lauenstein fuhr eine Honda, auf die die Beschreibung einigermaßen paßte. — War es eine Honda?« fragte ich Hörtel, »und woher hatten Sie die?«

»BMW«, sagte er, »gehört ihrem Neffen in Wedesbüttel, und der macht zur Zeit Auslandsurlaub. Bevor er zurück ist, sollte alles über die Bühne sein.«

So hatten sie sich das also gedacht. Gar nicht ungeschickt. Alle Indizien wiesen auf Lauenstein, aber so gezielt, daß ich mich fragte, ob da vielleicht jemand wollte, daß sie auf ihn wiesen. Lauenstein ist ein lascher Kerl. Vielleicht ist er durch den Knast so geworden. Er paddelt in Conny Kettners Kielwasser herum, bis sie eines Tages umdrehen und ihn überfahren wird, und er hat eine schlechte Gesundheit. Bei meinen Ermittlungen kam immer wieder Bevenrode ins Spiel, Dillmanns ehemaliger Wohnort. Doch Dillmann war tot. Nur seine Exfrau lebte noch in Bevenrode.

Lauenstein traf Dillmann zusammen mit dieser Frau in Braunschweig. Die beiden hatten wegen ihrer Scheidung einige Amtsgänge zu erledigen. Lauenstein trug seinen langen Mantel, und damals muß der Plan, den Frau Dillmann schon eine Zeitlang im Kopf hatte, konkrete Formen bei ihr angenommen haben. Daß Lauenstein eine Honda fährt, konnte sie von ihrem Exmann wissen.

»Vor Jahren«, sagte Hörtel, »hat sie Dillmann dazu gebracht, dieses verseuchte Land unsaniert zu verkaufen und den Gutachter zu bestechen. Reine Geldgier.«

»Und nun waren Sie dran.«

»Ja«, bestätigte Hörtel, »solche Frauen finden immer den Partner, den sie brauchen.«

In seinen Augen waren wieder Lebensfünkchen, und ich wußte, er würde reden. Es war seine letzte Chance, einen großen Teil der Schuld von sich abzuwälzen.

»Für mich«, sagte er, »hat alles damit angefangen, daß Dillmann seiner Exfrau gestand, Beer rücke das versprochene Geld nicht raus, und die Hälfte von nichts sei eben auch nicht mehr als nichts. Aber Lucie Dillmann wollte kein zweites Mal leer ausgehen.«

Dann erzählte er mir die ganze Geschichte, wie sie sich aus seiner Sicht zugetragen hatte.

◊

Frau Dillmann hatte einen Plan, wie sie Beer zwingen konnte, die vereinbarte Summe, die er Dillmann verweigert hatte, an sie auszuzahlen. Sie stiftete Hörtel an, eines von Beers Kindern zu entführen und genau die Summe zu verlangen, die er Dillmann schuldete. Der Verdacht, das Kind entführt zu haben, würde entweder auf Dillmann fallen oder auf seinen Knastbruder Lauenstein. Der hatte Hörtels Figur, besaß ein Motorrad und trug einen langen Mantel, wenn er nicht auf seiner Honda saß.

Mantel und Motorrad für Hörtel zu besorgen, waren kein Problem. Frau Dillmann kaufte einen Mantel, wie sie ihn bei Lauenstein gesehen hatte, als sie ihn zusammen mit ihrem Exmann zufällig in der Stadt traf. Sie weihte ihre Schwester in Wedesbüttel ein, denn auf die konnte sie sich verlassen. Vorerst konnten sie die BMW von ihrem Neffen benutzen, doch Britta mit dem Motorrad zu kidnappen, schlug fehl.

Kurze Zeit darauf gelang es Hörtel, Markus Beer nach Wedesbüttel zu bringen.

Frau Dillmanns Rechnung ging auf. Beer ließ die Polizei aus dem Spiel und rief bei Dillmann an. Lucie Dillmann hatte es so eingerichtet, daß ihr Exmann am Tag der Entführung in ihrer Wohnung war. Er sollte seinen restlichen

Kram abholen. Daniel Beer bat Dillmann am Telefon, ihm seinen Sohn zurückzugeben und versprach, die hunderttausend Mark zu besorgen.

Dillmann schaltete. Jemand hatte Beers Sohn entführt, und Beer glaubte, er, Dillmann, habe das Kind entführt. Diesen Glauben ließ er ihm, nutzte die Gunst der Stunde und wurde in dem Entführungsfall zum kriminellen Trittbrettfahrer.

Hörtel spielte Familie Beer die Lösegeldforderung zu. Bei Dillmanns nächstem Anruf versicherte Beer, er könne die geforderte Summe zahlen. Er wollte ein Lebenszeichen von seinem Sohn, doch das schlug Dillmann ab. Vertrauen gegen Vertrauen. Er erhalte auch keinen Beweis dafür, daß Beer das Geld zusammen habe. Geld gegen Kind. Der Austausch sollte in Dillmanns Gartenhaus erfolgen.

Während Daniel Beer zum Gartenhaus fuhr, rief Hörtel bei Frau Beer an und forderte die doppelte Summe. Auch dahinter steckte Lucie Dillmann. Sie war sicher, die Familie würde alles möglich machen, um ihr Baby zurückzukriegen und zu verhindern, daß Beers Beteiligung an jenem krummen Landverkauf-Geschäft ans Licht kam.

Frau Beer wußte nichts von Hörtel. Sie nahm an, mit Dillmann zu telefonieren und erzählte ihm, sie könne ihren Mann nicht mehr erreichen, der sei schon unterwegs, um das Geld in Dillmanns Gartenhaus zu bringen. Damit wußte Hörtel, was er als nächstes zu tun hatte. In Bevenrode entwendete er einen Mitsubishi, raste damit nach Riddagshausen und rammte beim Parken den Wagen eines Pfarrers aus Wolfsburg. Er drückte ihm Schadensgeld und eine falsche Adresse in die Hand und lief zu Dillmanns Gartenhaus. Beer war noch nicht eingetroffen.

Dillmann wußte genau, wen er vor sich hatte: den derzeitigen Partner seiner Exfrau, und den konnte er zur Zeit am allerwenigsten gebrauchen. Kurz angebunden wies er ihm die Tür. Da ließ Hörtel die Katze aus dem Sack, sagte, er wisse, daß Dillmann sich in den Entführungsfall Beer eingeschaltet habe, um an das Lösegeld zu kommen. Ein Wink an die Polizei, sagte er, und Dillmann brauche sich keine Gedanken darüber zu machen, wo er im Winter wohnen werde.

Der kleine Dillmann war außer sich, sprang auf und wollte Hörtel an die Gurgel. Der konnte ihn mit einem Arm auf Distanz halten. Großzügig erklärte er, die Sache lasse sich friedlich und zu beider Zufriedenheit lösen. Seine Gönnerhaftigkeit brachte Dillmann noch mehr in Rage als seine Drohungen. Wieder griff er Hörtel an. Diesmal fing er sich einen Schlag ein, der ihn auf den Stuhl zurückwarf. Hörtel erzählte ihm, er habe soeben die doppelte Summe von Beer gefordert, also könne jeder von ihnen Hunderttausend kriegen. Dillmann brauche nur Ruhe zu halten, dann werde er keinen Pfennig einbüßen.

Aber sie wird zweimal abkassieren, stellte Dillmann fest, einmal von mir, einmal von Hörtel. Er meinte seine Exfrau. Er war sicher, daß sie auch hinter diesem Plan steckte und ahnte, wer Beers Sohn entführt hatte. Damit war für ihn alles zu Ende. Ob er sich gleich der Polizei stellte oder ob er sich in die Abhängigkeit dieser Frau und ihres Liebhabers begab, kam für ihn über kurz oder lang auf eines raus: er würde wieder im Gefängnis landen. Genau das schrie er Hörtel ins Gesicht.

Hörtel erkannte die Gefahr, die jetzt für ihn von Dillmann ausging. Er wußte, der würde nicht mitspielen, sondern ihn verraten. Vielleicht schon in den nächsten Minuten an Beer.

Wenn Beer und Dillmann der Polizei gegenüber zusammenhielten, wie sie es schon einmal getan hatten, stand er im Aus. Haß gegen Haß. Existenz gegen Existenz. Hörtels körperlicher Stärke hatte Dillmann wenig entgegenzusetzen. Zu wenig…

◊

»Wo haben Sie sich versteckt?« fragte ich Hörtel, als er schwieg.

»In der Nische zwischen Schrank und Wand. Draußen schien die Sonne, und ich wußte, Beer würde in den ersten Sekunden nur schemenhaft Dillmanns Körper auf dem Stuhl wahrnehmen. Mehr als diese Sekunden habe ich nicht gebraucht.«

»Mit den bloßen Händen konnten Sie Daniel Beer die Kopfverletzungen, die er hat, nicht beibringen.«

»Als er am Boden lag, habe ich seinen Kopf ein paar Mal auf die Dielen geschlagen.« Er sagte es leise und es sah aus, als ekle es ihn im nachhinein vor dem, was er getan hatte. »Ich war außer mir, war wie im Rausch…«

Ich winkte ab. »Ich bin nicht Ihr Richter. Lamentieren und sich verteidigen können Sie später. Wo ist das Lösegeld, das Beer zahlen wollte?«

»Vielleicht hat sie alles mitgenommen.« Er zuckte die Schultern. »Vielleicht liegt noch was hier rum. Irgendwo.«

»Warum sind Sie nicht zusammen mit ihr verschwunden?«

»Es muß mal Schluß sein«, sagte er müde. »Ich wollte das Geld für sie und mich, ich wollte es, weil sie mir die Hölle heiß gemacht hat, aber ich wollte niemanden töten.«

»Sie haben es nicht aus Versehen getan. Sie haben sich dafür entschieden, Dillmann umzubringen.«

Er schwieg.

»Wie ist es weitergegangen?«

»Nicht besonders gut. Wir haben gespürt, daß man uns auf den Fersen ist, die Polizei und — Sie. Das Lösegeld geschnappt zu haben, ist das eine, der tote Dillmann das andere. Das wiegt schwer.«

»Und das Kind?«

»Dem geht's gut. Aber sie sagt, es müsse weg. Ich habe ihr vorgeschlagen, daß ich es nachts zurückbringe, mit dem Motorrad. Ich wollte es vor Beers Tür legen, klingeln und sofort verschwinden.«

»Aber?«

»Sie hat es mir ausgeredet. Zu gefährlich für uns. Seit heute morgen, als ich Sie getroffen habe, weiß ich, daß es aus ist mit mir. Sie hatten den Pfarrer aufgetan, dessen Wagen ich gerammt habe. Der würde mich erkennen.«

»Haben Sie darüber mit Frau Dillmann gesprochen?«

Er nickte. »Sie sagte, unsere letzte Chance ist, das Kind und das Geld verschwinden zu lassen. Vermuten kann jemand, was er will, aber um uns etwas nachzuweisen, muß man das Kind und das Geld bei uns finden.«

»Und?« fragte ich.

Hörtel sprach abgehackt und mit längeren Pausen. Als er zur Antwort ansetzte, läutete es an der Tür, laut und fordernd.

Ich fragte ihn, ob er jemanden erwarte.

»Ich nehme an, Sie haben die Polizei verständigt«, sagte er mit einem kleinen, resignierten Lächeln.

Er stand auf, und ging zur Tür, und ich ging hinter ihm her.

»Was haben Sie mit dem Kind gemacht?«

»Nichts. Ich habe ihr gesagt, diesmal muß sie es selbst tun.«

17

Von Bevenrode fuhr ich auf schnellstem Wege nach Wedesbüttel. Karsten Leonhardt erwartete mich vor Frau Waldners Haus. Frau Waldner ist Frau Dillmanns Schwester. Die beiden Frauen waren verhaftet worden.

»Frau Waldner hat das Baby in einem Schuppen versteckt, der abseits vom Wald liegt und von Hecken und Büschen fast zugewachsen ist«, erzählte Leonhardt. Wir spazierten hinüber zur Fußgängerbrücke. »Die Frau hat das Kind ganz ordentlich versorgt. Jedenfalls meint der Arzt, sein Gesundheitszustand sei nicht bedenklich. Trotzdem haben sie Markus erst einmal ins Krankenhaus gebracht.«

»Weiß Frau Beer Bescheid?« fragte ich.

Der Reporter nickte. »Ich nehme an, sie wird jetzt bei ihrem Sohn sein.«

Mitten auf der Brücke blieben wir stehen. Unter uns floß träge der Mittellandkanal, um uns herum war ein großes Polizeiaufgebot. Sie suchten Britta. Sie durchkämmten die Uferböschungen, kleine Waldflächen, Büsche, Gärten, Häuser.

Ich drängte Leonhardt, zu erzählen, was geschehen war.

»Wann ist sie hier gesehen worden?« fragte ich. »Und von wem?«

»Einer Hiesigen ist ein Kind mit blondem Wuschelhaar, Anorak und knallgelben Kleid aufgefallen«, sagte der Reporter. »Es ging an der Hand einer Frau. Sie beschrieb sie als gedrungen, vierschrötig.«

Eckig wie ein Karton, dachte ich in Erinnerung an meine erste Begegnung mit Frau Dillmann.

»Das ist ungewöhnlich für Britta«, sagte ich, »mit einer Fremden zu gehen. Hat man die Frau gefunden?«

»Es war Frau Dillmann. Sie hat Britta aufgegriffen, als die vor dem Haus ihrer Schwester laut nach Markus rief. Ich nehme an, von diesem Augenblick an ist Frau Dillmann in Panik geraten. Sie wird sich gesagt haben, wenn ein Kind den Säugling findet, werden auch Erwachsene bald dahinterkommen.«

»Außerdem«, sagte ich, »mußte sie damit rechnen, daß Britta gesucht wird und daß möglicherweise in kurzer Zeit die Polizei auftauchte. Was hat sie getan?«

»Was sie wirklich getan hat, steht noch nicht fest. Der Polizei gegenüber hat sie angegeben, sie wollte warten, bis ihre Schwester den kleinen Markus ins Haus geholt habe und Britta zu ihm führen. Angeblich hatte sie vor, aufzugeben. Von ihrer Schwester aus sollte Frau Beer benachrichtigt werden, wo sich ihre Kinder befinden. Frau Dillmann hoffte, die Sache so zu drehen, daß der größte Teil der Schuld ihren toten Exmann trifft.«

»Bißchen stark!«

»Sie weiß, um was es geht und lügt um ihr Leben.«

»Was hat sie mit Britta gemacht, verdammt nochmal!«

»Ich kann Ihnen nur erzählen«, meinte der Reporter schulterzuckend, »was ich von den Polizisten aufgeschnappt habe. Frau Dillmann beteuert, die Kleine habe sich plötzlich von ihr losgerissen und sei da hinüber gelaufen.«

Leonhardt wies mit ausgestrecktem Arm jenseits der Brücke. Von hier aus war nur ein Haus zu entdecken, das mitten im Grünen stand.

»Und?« fragte ich unruhig. »Ist sie ihr nachgegangen?«

»Das schon, aber sie hat sie aus den Augen verloren.«

Ich nahm an, daß auch das eine Lüge war. »Seitdem ist sie verschwunden?« fragte ich.

Leonhardt gab keine Antwort. Wir lehnten am Brückengeländer, starrten ins Wasser und hingen unseren Gedanken nach. Die Angst um Britta schnürte mir die Kehle zu.

»Vielleicht«, meinte Karsten Leonhardt nach einer Weile, »ist sie zur nächsten Bushaltestelle gelaufen und nach Hause gefahren.«

»Nicht Britta«, erwiderte ich.

Ein Radfahrer kam am Uferweg entlang und bog auf die Brücke ein. Er stieg ab, als er uns erreicht hatte und grüßte.

»Hier sind ja mehr Polizisten als Bäume im Wald«, sagte er, »was ist denn passiert?« Ehe Leonhardt oder ich den Mund aufbrachten, rief er erschrocken: »Die Frau, nicht wahr? Um Himmels willen, ich habe sie noch gewarnt, sie soll da nicht langgehen.«

Wir sprachen gleichzeitig. Der Reporter sagte, es gehe um keine Frau, sondern um ein verschwundenes Kind, und ich wollte wissen, welche Frau wo langgegangen war.

»Kein Kind«, sagte er, als wir schwiegen. »Es war eine Frau, ziemlich massiv gebauter Körper. Die war nicht von hier.« Er wies zu dem Haus im Grünen hin, das ungefähr fünfzig Meter entfernt von der Uferböschung stand.

»Dort wohne ich. Vor einer halben Stunde ungefähr kam diese Frau über den Hof und sah sich um, als suche sie etwas. Ich bin raus und habe gefragt, ob ich ihr helfen kann, aber in diesem Augenblick mußte sie den Weg entdeckt haben. Eigentlich ist es nur ein Trampelpfad, der durch Büsche, Gestrüpp und eine Brombeerhecke zum Kanal führt. Sie wollte losgehen. Ich habe ihr zugerufen, zurückzukommen. Sie blieb stehen und fragte, ob sie sich auf Privatbesitz befinde. Das nicht, habe ich ihr gesagt, aber der Weg ist gefährlich, wenn man nicht genau weiß, wo der Gully ist. Man sieht ihn nicht ohne weiteres. Manchmal ziehen die Kinder den Deckel hoch, werfen Steinchen hinunter, vergessen, den Deckel wieder aufzulegen oder kriegen ihn nicht wieder fest drauf. Der Gully ist immerhin so seine fünf Meter tief, und ich möchte da nicht reinplumpsen. An der Seite sind zwar Steigeisen zum Festhalten, aber ...«

»Würden Sie die Frau wiedererkennen?«

»Bestimmt!«

Leonhardt und ich liefen los. Wir winkten den Polizisten zu, bis sie uns entgegenkamen.

»Was gibt's denn?« fragte ein Unterkommissar.

»Der Gully! Er soll Ihnen den Gully zeigen!« Ich wies auf den Mann, der uns nachgefahren war und eben vom Fahrrad sprang.

»Und sorgen Sie dafür, daß Frau Dillmann hergebracht wird.«

◊

Wenig später identifizierte er Frau Dillmann als diejenige, die er vor dem Gully gewarnt hatte.

Frau Dillmann verhedderte sich in ihren Aussagen. Anfangs behauptete sie, da sei kein Gully gewesen, dann gab sie zu, ihn gesehen zu haben, mit geschlossenem Deckel. Die Kriminalisten ließen nicht locker, und sie gestand, der

Deckel sei offen gewesen, sie habe es rechtzeitig bemerkt und sei mit einem großen Schritt darübergestiegen. Energisch bestritt sie zu wissen, ob Britta in der Nähe oder gar in den Gully gestürzt war — und niemand wird ihr je das Gegenteil beweisen können.

Britta lag auf der Trage, zerschlagen, blutend, das Haar naß und verschmutzt. Ihr Anorak und das gelbe Kleid waren zerrissen, fleckig und rochen nach Moder. Sie hatten die Kleine zum Straßenrand getragen, wo der Krankenwagen sie aufnehmen konnte. Sie hielt die Augen geschlossen und gab kein Lebenszeichen von sich. Ich sprach trotzdem mit ihr.

Ich kniete mich hin und beugte mich über ihr Gesicht.

»Butterblümchen, du hast Markus gefunden. Er ist zu Hause. Mama und auch dein Papa sind zu Hause. Du mußt nur noch ein bißchen schlafen, dann kannst du zu ihnen gehen, und ich besuche dich, das ist versprochen.«

Neben uns hielt der Krankenwagen.

»Wir haben uns viel zu erzählen, und das machen wir am besten bei einer großen Portion Erdbeereis, einverstanden?«

Der Arzt stieg aus. Ich starrte auf Brittas Mund. Hatte es um ihren Mundwinkel gezuckt? Hatte sie gelächelt?

Der Arzt hieß mich aufstehen und ich überließ ihm meinen Platz. Er horchte Brittas Herz ab, fühlte den Puls und sah ernst aus.

Ich wollte, daß sie gelächelt hat.

Trauer ist die halbe Gerechtigkeit

Zweite Reihe Krimi 2001
15 DM/117 ÖS/16 SF. ISBN 3-88619-901-0

Anwalt Henry Rios wirft seine Stelle als Pflichtverteidiger hin, weil er keinen Sinn mehr darin sieht. Eines Nachts taucht Ex-Mandant Hugh Paris bei ihm auf und behauptet, sein Großvater wolle ihn umbringen lassen. Obwohl Rios die Geschichte nicht glaubt, stellt er Hugh zuliebe Nachforschungen an. Sie führen in die Welt einer der großen Kapitaldynastien der USA, die mit der Eisenbahn ihr Vermögen gemacht und mit der Stiftung einer Privatuniversität ihr Gewissen beruhigt hat. Wie kann ein schwuler Chicano-Anwalt es wagen, den Namen alten Geldes zu beschmutzen?

Zweite Reihe